光文社文庫

刑事の子

『東京下町殺人暮色』改題

宮部みゆき

光 文 社

光文社文庫で長く愛読されている名作を、読みやすい文字に組み直し、新たなカバーデザインで、「光文社文庫プレミアム」として刊行いたします。

目次

プロローグ

「ひとつ、ふたつ、みっつ」

幼い指が川面《かわも》をさす。

「あ、あそこにもいるね、よっつだ」

声が弾《はず》んでいる。若い母親は、娘の小さな頭に手をのせてほほえんだ。

「かおりちゃん、あっちのは、ちょっと潜《もぐ》ってまた出てきたのよ。だから全部で三羽だね」

「さんば？」

「そうよ。鳥さんは一羽、二羽、三羽って数えるの」

子供が数えているのは、きらめく水面に浮いては消える、川鵜《かわう》の数だった。長い首を器用に操《あやつ》り、少し心配になるほど長いこと水に潜っては、思いがけなく離れた場所にぽっかりと浮かび上がる。

「トリさんもおひるごはん？」

「そうかもしれないね」

潜っては現われる川鵜たちは、魚をくわえているときもあれば、そうでないときもある。

「あっちのは、もぐって出てきたのにおサカナたべてないよ」

「じゃ、空振りだったんだ」

「カラブリさんだ。あ、こんどはあっちへいったよ！」

小さな足の裏を見せて、子供が駆け出していく。

「川のそばに寄っちゃいけませんよ！」と、声をかけて、母親も同じ方向へゆっくりと歩きだした。

好天の日曜日、十一月にしては少し暖かすぎるほどの陽射《ひざ》しが、河川敷にも川面にも降り注いでいる。コンクリートで固められた護岸に沿って歩きながら、母親はまぶしさに目を細めた。

(こんなに気持ちがいいなら、毎日散歩にきたっていいわね)

目をあげれば、対岸にはマンションが立ち並び、上手《かみて》の方向に見える葛西橋《かさいばし》の上では、渋滞で停まっている車のボディに、陽光が照り返している。振り向けば、今しがた子供と手をつないで降りてきた急な土手がそびえ、その上を自転車が一台、のんびりと走り抜けていくところだ。

「おかーさーん」

子供の声がする。母親よりも十メートルほど下手《しもて》の、川がゆっくりと蛇行《だこう》している場所にいて、護岸ぎりぎりのところに立ち、膝《ひざ》に手をあてて流れをのぞきこんでいる。母親はあわてて駆け寄った。

「そんなとこにいちゃ駄目よ、危ないから」

子供は小さな手をのばし、すぐ足元を指差した。

「あんなとこにタイヤがあるよ」

のぞいてみると、確かに、そこに古タイヤが一つ沈んでいる。水は決して澄んではいないが、水深の浅い場所なのではっきりと見ることができる。

「ホントね。誰が捨てたのかしら」

「イケナイんだよね。川にすてたらいけないんでしょ」

「そうねえ」

見守るうちに、上流から白いビニール袋のようなものが流れてきて、古タイヤにひっかかった。袋の口はほどけており、水のなかでひらひらしている。

(思ったよりずっと、流れが速いんだわ)

母親は子供の手を握りしめた。

そのとき、川の流れが袋を持ち去り、中身だけが残された。

そこに現われたものは、若い母親の頭に、とっさに子供のお気にいりの人形を連想させた。扱いが乱暴なので片手がとれてしまい、修理をしてやったばかりだ。もっと大事にしてあげなくちゃ、お人形さん、可哀相《かわいそう》じゃない……。

それほどに、そのものは人形の手によく似ていた。手のひらを下に、指がこちらを向いている。川の流れに、かすかに上下する。差し招くように。その爪の間に泥がついている。マネキンだわ、きっと。若い母親は考えた。心臓がどきどきし始めていた。よくできたマネキンよ。

「おかあさん……」

子供が見上げる。だが、動揺した母親の視線は、そのときまた別のものに吸い寄せられていた。

もうひとつ、上手から流れてくる。同じようなビニール袋だ。スーパーでくれる、ありふれた白い袋。そのふくらみ、その丸み。やはり見慣れたものを思い出させる。

半切りのキャベツ。半切りの西瓜《すいか》。それが白いビニールにくるまれて流れてくる。子供がお風呂に浮かべて遊ぶ玩具のヨットのように。

流れのままに、それはゆっくりと半周し、解けかかっている結び目の部分をこちらに見せて、漂《ただよ》ってゆく。そこから何かがはみ出している。

母親はそれに目を据《す》えていた。あれは——あれは——たぶん——

すぐそばに、鵜が浮かび上がり、長い喉《のど》を震わせて魚を飲み込んだ。

それで呪縛《じゅばく》が解けた。母親は子供をひっさらうようにして抱きあげると、回れ右をして駆け出した。

ビニール袋からはみ出していたのは、人間の頭髪だった。

「おかあさん、どうしたの？」

子供の声にも応《こた》えられず、母親は駆けた。土手の方向に向かい、人影を求め、あえぐようにして叫びながら。

彼女の背後では、ビニール袋から流れだしたものが、声のない口を開き、流れに歯をすすがせながら、うつろな眼窩《がんか》で青い空を見上げていた。

第一章　新しい街

1

八木沢順《やぎさわじゅん》が父の道雄《みちお》と二人きりの生活を始めたとき、奇跡がふたつ訪れた。

ひとつは、東京二十三区内に手ごろな家賃の借家がみつかったことだ。警視庁捜査一課に勤務している道雄は、夜中に呼び出されることも多い。職住近接はありがたい。

新しい家は、城東《じょうとう》警察署の管内にあった。隅田川《すみだがわ》と荒川《あらかわ》にはさまれ、東京湾を臨《のぞ》む、いわゆるゼロメートル地帯である。道雄が生まれ育った実家も、この地域の中にあったから、彼としては故郷に帰るような思いもあったかもしれない。

「いいぞ、下町は。きっと気に入る。大きな祭りもあるしな」

父親のそんなセリフを、順は何度も耳にした。

だがこの地域は、もちろん下町ではあるけれど、同時に「ウオーターフロント」として注目を浴びているところでもある。再開発の計画も多いし、緑地帯や公園の建設も盛んだ。ひとつの町のなかに、道雄が知っている当時からのしもた屋や町工場と、新しい大型マンションや企業のビルとが混在するようになっている。

今度は、「変わったなあ」というセリフが口をついて出るようになった父親に、順は笑って言ったものだ。

「いいじゃない。思い出をちょっと削って、最先端の活気というやつを買ったんだと思えば、さ」

奇跡のふたつめは、借家とほぼ同時に、それを切り回してくれる家政婦を得ることができたということだった。それも、新しい家のある町の出身で、土地カンもあれば近所づきあいのコツも心得ているという人だ。

良い家政婦さんが払底《ふってい》している昨今、これも奇跡と呼んでさしつかえはあるまい。順の叔母の言葉を借りれば、神はまことに〈不運な父子家庭をみそなわしたもうた〉というわけである。

「でも、本当にできた神様なら、そもそも『離婚』なんてもんを作らなかったんじゃない？」

順の質問に、叔母は答えた。

「この世界を作ったころは、神様だってまだ未熟だったのよ。多少のミスは許してあげなさいって。反省してるわよ」

「謝《あやま》ってすむことでもないと思うけど」

「順、あんた、傷ついてんのね」

順は、そのときはなにも言わなかった。両親の離婚のために、自分が「本当に」傷ついているのかどうか、自分でもまだよくわからなかったから。

その問いに答えが出たのは、それからひと月ほどのちの日曜日、家政婦さんと二人で白菜の樽《たる》漬《づ》けをつくっているときだった。

家政婦さんは、名を「幸田《こうだ》ハナ」という。古めかしい名前から察することのできるとおり、大正十四年の生まれである。

もともと、知り合いの紹介で来てくれた人だった。

「多少年配だけど、足腰も頭もしゃっきりしてるし、何より本人が働く意欲でいっぱいなんですよ。この道五十年のベテランです」

という口上はついていたものの、知人の顔を立てる必要がなければ、八木沢父子《おやこ》はやはり断わっていただろう。そして、あとで大いに後悔することになっていただろう。

ハナは文句なしの働き者だった。意欲を支える体力も持っていた。

「我々とは気骨《きこつ》が違うってことだな」と、道雄は感動している。「ただし、いたわりを忘れちゃいかんぞ。それとこれとは別物だ」

というわけで、順はよくハナの仕事を手伝っている。そして、実際に携《たずさ》わってみると、家事というものは「すごく面白い」のだ。

順がそう言うと、ハナはにっこり笑った。

「ぼっちゃま、それはハナに気をつかっておっしゃっていることではございませんね？」

「違うよ。本当に面白いと思うんだ。家庭科の授業のときは、なんでこんなことを習わなきゃならないのかな、と思ったのに」

順は十三歳。中学一年生である。

「それはたぶん、学校のお勉強で習うことというのは、〈ためにする〉ものだからでございましょう。おうちでなさることは、そうではございませんからね」

そして、エプロンでふいた両手をぽんとあわせた。

「ぼっちゃまがご自分でそうなさりたいとおっしゃるのなら、ハナの存じていることを、なんでも教えてさしあげます」

というわけで、順はハナの「生徒」になっている。白菜の樽漬けをつくるにも、陽《ひ》の高いうちにやった方がいいというので、順が昼間うちにいることのできる日曜日に、ハナは特別出勤してきてくれたのだった。

そしてそのとき、順はふと考えたのだ。いまどき、女の子でもやりそうにないことを面白がっている僕を、ハナさんはどう思っているんだろう。無理して気を紛《まぎ》らわそうとしているように見えるかな。

だから訊《き》いてみた。ハナさんは、僕が傷ついていると思いますか？

二人は、家の裏手にある一坪ほどの庭にいた。商店街の八百屋から譲ってもらってきた樽を据え、その横に新聞紙をしいて、四つ切りにした白菜を積み上げてある。新鮮な白菜は、ほんの少し薬くさいような香りがした。

ハナは樽のなかにきちんと白菜を並べながら、ちょっと考えた。

「ぼっちゃまは、他人様《ひとさま》に『順さんは傷ついている、可哀相《かわいそう》に』と思ってもらいたいのでございますか？」

「……そうは思わないけど」

「では、傷ついてはいらっしゃらないんでございますよ——この上に昆布と鷹《たか》の爪をまいてくださいまし。旦那さまは辛いものをお好みでございますか？」

ハナは頑固《がんこ》に、道雄を「旦那さま」、順を「ぼっちゃま」と呼ぶ。八木沢父子の思うハナの欠点といえば、これだけである。

「大好き。僕もね」

「それではたっぷり目に。でも、ぼっちゃまは、一度にあまりたくさん召し上がってはいけませんよ」

細かく切った昆布と鷹の爪をまいたあと、次の段の白菜を並べながら、順は言った。

「思ってないならそうじゃないの？」

「さようでございます」

「簡単だね」と笑うと、ハナはうなずいた。

「万事、あまり難しくお考えにならないのがよろしゅうございます」

そして、白菜の上に、横綱が土俵でするような手つきで塩をまいた。

「ぼっちゃま、実はハナにも、ひとつお伺《うかが》いしたいことがございますのですが」

「うん？」見上げると、ハナはめずらしく眉根《まゆね》にしわを寄せている。

「どうかしたの？」

「このところ、ハナがよく耳にいたしますことで……いえ、旦那さまやぼっちゃまに直接かかわりのあることではないのでございますが、ひょっとすると旦那さまのお耳には入れておいた方がよろしいことかもしれませんので」

反射的に、順は洗濯物のひるがえっている二階の窓を見上げた。その向こうで、道雄はひさしぶりの「ぐうたら寝」を楽しんでいるはずだった。今日は非番なのだ。

「なあに？」

ハナは手にしていた白菜を置いて、声をひそめた。

「ぼっちゃまはご存じありませんか？　この町内に悪い噂《うわさ》が流れているんでございます」

「悪い噂？」

「はい。ある家で、ひと殺しがあった——若い娘さんが殺されたらしいという噂なんでございます」

2

噂の対象になっている家というのは、ここから自転車で十五分ほどのところにある、土手を背中にしょった一軒家だった。新築である。

川っぷちだ。すぐそばに区営の釣り堀があるので、順も何度か通りがかりに見かけたことがあった。通りを隔《へだ》てたところにある建具屋《たてぐや》の資材置場と、夜は無人になってしまう月極《つきぎめ》駐車場にはさまれて建っているのだが、周囲の環境に釣り合わないほど落ち着いた、そして贅沢《ぜいたく》な造りの二階屋だ。家のぐるりを塀《へい》が取り囲んでおり、緑の濃い立木がのぞいている。

ただ、外から見る限り、奇妙なほど人の気配の感じられない家だった。この辺は土地だって急騰しているんだし、こんな高そうな家だもの、大枚をかけて建てた人が、事情が変わって入居できなくなっちゃったのかなと、順は思っていた。

「あそこ、空き家じゃないの？」

「はい、ハナも最初はそう思っていたんでございますが、ちゃんと人が住まっているそうでございます。お年寄りの一人暮らしとか」

「男の人？」

「はい。ですから気味の悪いお話で。その家に若い娘さんが入って行った……一人だけだという方もいますし、いや二人目も見かけたという方もございます。とにかく、いったん入っていった娘さんが、出てくるところを誰も見ていないということで……」

言い終えてから、順の顔を見て、ハナはくすくすっと笑った。

「おかしゅうございましょ？　もとはそれだけのことなんでございますが、まことしやかにいろいろなお話がくっついておりましてね。例えば、夜中にその家の裏手でスコップで穴を掘っている老人を見たとか――」

順は膝のうえに頬杖《ほおづえ》をついた。

「なんか、『コレクター』みたいな話だね」

「コレクター」という映画があるのである。親の遺産を相続して一人暮らしをしている若い男が、若い女性を「採集」してきては監禁するという話だ。

順は映画が好きである。これは、別れて住んでいる母親の好みが遺伝したものらしい。ビデオもよく借りるし、休日の前には深夜映画も観《み》る。「コレクター」も深夜にテレビで観たもので、あとで嫌な夢を見る羽目になった。

「ぼっちゃま、あんな映画をごらんで？　まあ」と、ハナはちょっととがめるような顔をした。

彼女も映画ファンなのだ。最近の映画も観るが、古いものにも詳しい。もっとも、「本当に腰を落ち着けて観ることができるようになったのは、五十歳を過ぎてからでございますよ」という。

「だって、ハナさんだって観たんでしょ、『コレクター』」

「それはまあ、怖いもの見たさというものでございます」

小さく咳払いをして、ハナは話をもとに戻した。

「とにかく、そういう噂が流れているんでございますよ。わたくし、あちこちで耳にいたします。もちろん、『そんな馬鹿な』と笑っておられる方も多いのでございますが、万が一、ということもございますしね」

「火のないところに煙はたたない、とか」

「はい。それでも、いきなり旦那さまにお話しするのもどうかと思うのでございますよ。一一〇番するのもむずかしい世の中でございますからね」

隣りは何をする人ぞ、という昨今である。マンションで、隣室から悲鳴が聞こえたので駆けつけると、寝乱れた若い女が迷惑顔で出てきて、とんだ恥をかいたりする。

「でも、この辺はまだそうでもないでしょ」

順は言って、羽目板のはげかけている我が家を見上げた。

「こういう家がちゃんと残ってるくらいなんだし」

「それでもやっぱり、昔とは違います」ハナは寂しそうに言った。

「そうかなぁ」

この町で暮らし始めて、順がいちばん驚いたのは、救急車や消防車が通りかかると、近所の人たちがわらわらと飛び出してくることだった。自転車で走ってくる人までいる。最初は、恥ずかしいところに来ちゃったなあ……と思った。ウオーターフロントなんてかっこいいことを言っても、住んでいる人たちの意識は長屋そのものではないか。

だが、道雄の意見は反対だった。

「だからこそいいんだ。うちは、おまえ一人で留守番することの多い家なんだからな。ご近所が、なにかあったとき大いに騒いでくれる方が心強いじゃないか」

最近では、順もそう思い始めている。それは多分に、ハナがいてくれるせいもあるとは思うのだが。

「ですが、ぼっちゃま。この町も変わってきているんでございますよ。昔に比べれば、新しい人の出入りが多くなっておりますからね。遠慮と申しますか、警戒と申しますか……それに、新しくここに住まうようになった方たちに、『だから下町は嫌なんだ、コソコソ人の生活をのぞきこむようなことばっかりして。みっともない』と思われるのもシャクでございますからね」

「うん……それはわかるけど」

「ですから、今度のその噂でも、口では騒いでおりますが、誰も何もしようとはしていませんのです。昔でしたら、とっくに誰かが先頭にたって乗り込んでいっておりますよ」

樽の縁までぎっしりと白菜を漬け終えて、あとはふたをして重しをのせるだけである。重しは、荒物屋で買ってきた「ラクラク石」というもの。合成樹脂製の丸い形で、とってがついている。ハナはこれが大いに不満で、いつか、わたくしの家から本物の漬物石を持ってまいります、と言っている。

「あんまり大袈裟《おおげさ》じゃないように、父さんに話してみようか」

よっこらしょと重しをのせて、順は言った。

「もしなんなら、ちょっと様子を見てくれるかもしれないし。公務としてじゃなしに、ご町内の人間として」

「そうでございますか」ハナは心なしかほっとしたような顔をした。

二人であと片づけをして、樽を陽陰《ひかげ》の風通しのいい所へ据えた。ハナは、樽のわき腹にマジックインクで、今日の日付、十一月五日を書き入れた。

「そろそろ父さんを起こしてもいいよね。お昼を過ぎた」

ズボンの裾《すそ》をはらって立ち上がり、あんなに寝てちゃ目が溶けちゃうよ——と言いかけたとき、台所の電話が鳴り始めた。

順は口を開いたままハナを振り返った。ハナは、「おやまあ」と言った。

急いで座敷にあがり、台所に向かう。階段をどすどすと降りてくる足音がして、パジャマ姿の道雄が追いついてきた。

「父さんが出る」

「大丈夫？　目、覚めてる？」

「覚めてるとも」

半分目を閉じたまま言って、受話器をつかんだ。

「はい、八木沢です」

とたんに背中が伸びた。順は気を利かせ、そっと庭に戻った。道雄がじかに話してくれること以外、事件のことは聞かないようにしている。

ハナは庭を片づけていた。ほうきを手にしている。

「旦那さま、事件でございますね」

「そうみたい」

「では、お支度を」

玄関にまわろうとするハナに、順は小声でささやいた。

「さっきの話、しばらくおあずけだね」

「困ることではないと存じますよ」と、ハナは笑って言った。「きっと、ただの悪ふざけのすぎた噂なんでございましょうから。わたくしは取り越し苦労をする性分なんでございます」

奥で、「順、順、父さん出かけなきゃならなくなったからな」と、呼ぶ声がする。

3

道雄の受けた第一報は、荒川の土手を散歩していた母子《おやこ》づれが、上流から流れてきた、人間のものらしいバラバラ死体の一部を発見した、というものだった。

現場は荒川土手の右岸、葛西橋《かさいばし》から二十メートルほど下ったあたりに位置していた。土手下の二車線の道路にパトカーが二台停車し、そのうちの一台だけが赤色灯を点滅させている。立入禁止区域が赤いロープで区切られ、巡査が数人散らばり、集まり始めている耳ざとい野次馬と、突然の通行止めに立ち往生しかけている車両の誘導に当たっている。

捜査一課の車はすでに着いており、散らばっている刑事たちの顔ぶれを見て、道雄は自分がしんがりであることを知った。土手の階段の上り口の脇では、道雄の所属している第七班の指揮官である川添《かわぞえ》警部が、初老の小柄な男と——おそらく所轄《しょかつ》の捜査課長だろう——肩をくっつけあうようにして立ち話をしている。

タクシーから降り、到着時刻を手帳にメモすると、持参してきた手袋をはめる。署の車に歩み寄り、先着していた同僚に挨拶して臨場腕章を受け取ると、それを上着の袖に着けながらロープをまたいだ。

川添警部が、軽く手を上げて近づいてくる。警部が階段を離れるのと入れ違いに、本庁の鑑識課員たちが、一列になって土手を上がっていった。

道雄は軽く頭を下げた。

「遅れまして。道がひどい混みようでした」

「葛西橋通りで衝突事故があったんだそうだよ」

「どうりで」

「どこへ行っても、いつも渋滞、渋滞だ。そのうち、我々もヘリで臨場せにゃならんようになるかもしれん」

えらの張った頑丈そうな顎《あご》を噛《か》み締めて、警部が言った。

この警部と二人で話していると、道雄はときどき妙におかしくなる。二人の身長がまったく同じなので、どうしてもぴたりと顔をあわせてしゃべることになるからだ。はたで見ていても不思議な光景ではないかと、いつも思う。

「バラバラだそうですね」

「頭と右手だ。それもかなり傷んでいる」

課長は鼻からふうっと息を吐《は》いた。

「ヤギさん、まず第一発見者から話を聞いてくれんか。あそこにいる」

土手の上に、小さな女の子を抱いた女性がしゃがみこんでいる。彼女の肩と女の子を包むようにして男ものの上着がかけられており、すぐそばに、その上着の持ち主らしい若い男が、寒そうに首をすくめながら突っ立っていた。

道雄は小走りに階段を上がった。

目の前に広い河川敷が開ける。底抜けに明るい青空の下、制服の巡査が二人と、散らばる鑑識課員たちの青い作業着。ぽつりと置かれた収納袋。十文字に敷かれた通路帯が、陽を照り返している。

道雄が近づいて行くと、しゃがんでいた女は立ち上がり、子供を抱く腕に力を込めた。すがりついたのだと、道雄は思った。我々大人は、怯《おび》えたときにすがりつく相手が欲しいから子供をもうける。子供こそが、どんなことも乗り切っていくことのできる力を与えてくれるように思うから。

発見者の名前は河野友子《かわのともこ》といった。年齢二十八歳。子供の名はかおり。三歳二カ月。近くのマンションに住んでいるという。

隣りに立っている若い男は——並んでみると、とんでもないのっぽだった——所轄署の刑事で、速水俊《はやみしゅん》と名乗った。

「嫌なものを見ましたね」

話しかけると、友子は首を縮《ちぢ》めるようにしてうなずいた。かおりは、見慣れない道雄の顔を、「どこのおじさんかしら」という目で見つめている。

「ここは寒いね」と、道雄はかおりに話しかけた。土手の上は、思いがけず風が強い。

「下へ降りましょうか」

友子はちょっとためらって、道雄ではなく速水の方を見上げた。若い刑事は、居眠りから覚めたようにまばたきして、ちらりと道雄を見てから、友子に言った。

「もう大丈夫ですか?」

「ええ。だいぶ気分がよくなりましたから」

友子をあいだにはさんで階段を降りる。途中で、速水が誰かに呼ばれ、所轄署の車の方へ走っていったので、道雄は親子と三人になった。

土手下のパトカーの中で三十分ほど事情をきくうちに、友子はだいぶ落ち着きを取り戻してきた。

彼女の話によると、頭と手首はべつべつに流れてきたという。どちらも白いビニール袋に入っていた。

「スーパーのビニール袋みたいに見えました」と言って、思い出したように彼女は喉をごくりとさせた。

「大丈夫ですか?」

うなずいて、友子は口元に手をあてた。

「嫌ですね。こんなことに巻き込まれるなんて」

道雄はちょっと考えた。

「我々もできるだけ注意しますが、バラバラ死体を発見されたということで、マスコミにあれこれきかれるかもしれません。嫌なことは嫌と、はっきり断わっていいんですよ。なにか困ったことがあれば、いつでも連絡してください。遠慮は要《い》りませんよ」

名刺を渡すと、友子はおっかなびっくりの手つきで受け取り、スカートのポケットにしまった。

「もう少し、ここでご辛抱願います。そんなに長くはかかりません。あとで、署の者がお宅までお送りしますからね」

その場を離れようとしたとき、友子が呼び止めた。

「あの、これをさっきの刑事さんに」

速水の上着である。受け取ると、高級なウールの手触りがした。

「わたし、立っていられないほど気分が悪くて、風に当たっていたかったんです。それで、あの刑事さんがそばについていてくださって、かおりが寒いからと、上着を貸してくれたんです」

「わかりました。彼に返しておきますよ」

言い終えないうちに、当の速水がこちらに引き返してきた。

「八木沢さん、川添警部がお呼びです。現場に降りられるそうです」

緊張しているというより、戸惑っているという顔だった。道雄に呼びかけるのに、ただの「八木沢さん」でよかったのかな、という不安が見えた。

道雄はうなずいて上着を差し出した。パトカーの中で友子が会釈《えしやく》している。速水はちらりと白い歯をのぞかせてから袖を通した。襟をなおし、手がポケットに入ったとき、また子供のようににっこりした。

「忘れてた。いいものあげるよ」と言って、開いているパトカーのドア越しに、かおりに何か握らせた。

一緒に土手の方に引き返しながら、道雄は目顔で質問した。速水は緊張した。

「あの……ただのガムです。いけなかったでしょうか」

「いや。気が利くな」

正直に、速水の頬がゆるんだ。

「子供は好きなんです」

道雄は階段の方へ向かい、足を速めた。頭上を旋回するヘリの爆音で、耳が鳴りそうだった。

ふと思いついて、速水に言った。

「君も来るといい」

「は？」

「現場だ。遺体を見てないんだろう？　一緒に来なさい」

「でも僕は、そんな資格が――」

「そんなことはどうでもいい。おいで」

4

想像以上にひどい。それが道雄の第一印象だった。

道雄の背後に隠れるように立ち、頭越しに収納袋の中身を見た速水は、とたんに回れ右をして逃げ出した。階段の近くまで駆けていって、身体をふたつに折っている。

「うれしくなるようなホトケさんじゃないか」

川添警部が、言葉とは裏腹に怒った顔で言った。

道雄は目を閉じ、一瞬祈った。

言葉は浮かばない。復讐を誓うのでもない。いつもそうだ。空白の頭の中に、今見たものを刻みつけるだけだった。

「誰かあの若いのがゲロを吐くのを手伝ってやれ」

課長の言葉に、何人かの刑事たちが笑った。道雄は速水に歩み寄り、わざと大声で、

「吐くなら、立入禁止地域の外でやれ」

それから小声でささやいた。

「唾を飲んで、深呼吸しろ。ベルトのあたりに力を入れて、目は閉じるなよ。かえってめまいがする」

速水が言われたとおりにすると、道雄はその背中を力一杯どやしつけた。

「これがいちばん効くんだ」

刑事たちの輪に戻ると、速水もついてきた。顔は青ざめているが、目はしっかり開いて、身体の脇で拳骨《げんこつ》を握っている。

「頭部と右手首——やはり、これだけですか」

「現在のところはな。すぐ潜水班がくるそうだが、望み薄だな」

川の流れは速い。

「被害者の推定年齢・性別・死因——検死が済むまではなにもわからん。検死をしてもどこまでわかるか、心もとないな。なにしろこのとおりだ。一刻も早く、遺体のほかの部分を見つけ出さなければならん」

右手首は、一見してそれとわかるだけの原形をとどめているし、爪もついているが、手首の上部は相当腐敗が進んで、骨が露出している。頭部も腐敗のために膨張しており、髪

も大半が抜け落ちて、てっぺんのあたりにひとつかみほど残されているだけだった。

もちろん、顔も判別のつく状態ではなかった。目鼻のあった部分は、ぽっかりと暗い穴に変わってしまっている。

刑事の一人が、屈《かが》みこんで頭髪に触れてみた。

「女性ならショートカット、男ならやや長髪というところかな」

「微妙ですね。最近は、男の髪型もさまざまですから」

その言葉に、道雄はちらりと速水を見上げた。彼の髪型も、刑事の中では異色のものだからだ。上の方を長めにのばし、ウエーブをつけて流してある。

「この網はなんですか？」と、刑事の一人がきいた。

遺体のそばに、長い柄のついた網が置かれているのだ。細い竹でできた柄の中ほどに、「第二泉水《だいにせんすい》」というネームが入っている。

所轄の捜査課長が答えた。

「近くの釣り船屋のものです。一一〇番通報で到着した巡査が、これで遺体を引き上げたそうです」

そういえば、下手《しもて》の方に釣り船屋の看板が見える。白い船体の小型の客船が一隻、小さな鯨《くじら》のような腹を見せて、ゆっくりと上下に揺れていた。

「しかし、妙ですね」

「何がだね？」

道雄は右手首にそっと触れて、続けた。

「腐敗の度合いがまちまちなのはともかくとしても、そもそも、こんなに傷んだバラバラ死体というのはめずらしくありませんか」

道雄と同期の伊原《いはら》という刑事がうなずいた。

「そう思っていたところですよ。どうも違和感を覚える」

「陽気のせいじゃありませんか？」

第七班の中では最年少の、久保田《くぼた》という刑事が言った。いつも気負い込んだような話し方をする男だ。

「今年の秋はバカ陽気でしたから。気温が高いせいで腐敗が進んだのでは？」

「切ってから投棄する間、一時どこかに保管していたのかもしれんな」

「しかし、保管できるくらいなら、わざわざバラバラにしますかね？」

「じゃ、水につかっていたからでは？」と、もう一度久保田が言う。道雄は川面《かわも》に目をやり、ゆっくりとかぶりを振った。

「この流れの中に捨てられたものが、骨が露出するほど腐敗するまでずっと川にとどまっているかな……。もっと原形をとどめているうちに発見されるか、流されて東京湾で見つかったというなら話はわかるが」

「捨てたときには重しでもつけてあったのかもしれません」

久保田の反論に、道雄と伊原が同時に答えた。

「バラバラ死体にか？」

「まあいい。とりあえず、検死結果を待とうじゃないか」

部長の合図で、作業班がやってくると、帽子をとって一礼してから遺体を運び出してゆく。二十分ほどで、刑事たちも散会した。

土手から上がって車に乗り込むとき、「けいじさーん」という可愛い声が聞こえた。

一瞬、自分が呼ばれているのかと思って見回し、河野母子を見つけた。所轄の覆面《ふくめん》パトカーに乗るところだ。

かおりが呼びかけているのは、速水だった。

「ガム、ありがと」と、元気よく言う。

若い刑事は、照れくさそうに、小さく「バイバイ」と手を上げている。道雄は微笑して、車のドアを閉めた。

いったん所轄の城東警察署に引き揚げて捜査本部を設置し、会議が始まった。

すでに、所轄の捜査員約五十名と機動捜査隊を動員して、広範囲にわたる不審車両の洗い出しと、遺体の残り部分の捜索は始められている。広報車も出ているし、マスコミの報道も大きなものになるだろうから、情報提供に対応するために、署の一角にスペースを設けて、電話を何本か仮設していた。

会議の内容は、捜査方針の決定と人員の配置、分担の決定である。現場を中心とした地取り捜査と目撃者の把握《はあく》は、どんなに時代遅れのように見えても非能率的でも、人間の足と目と耳でコツコツやるしかないのだ。

本庁から来た第七班の刑事は十人。それぞれが所轄の捜査課の刑事とコンビを組む。所轄の方からなにも言わないうちに、道雄は「速水君を」と指名した。いちばん後列に座っていた当の速水が、一瞬中腰になったのが見えた。

また、激しくまばたきしながら先輩たちを見回している。あのまばたき癖はなおした方がいいなと、道雄は思った。おどおどして見える。

捜査課長が意外そうに眉を上げた。

「はあ、しかし速水はうちでいちばんの若手でして、殺人事件の捜査は初めてです。来たばかりで、管内の地理にも不案内ですから――」

道雄は首を振った。

「私はこの管内の生まれですから、土地カンはあるんです。それより、馬力のある若手と組ませてください」

「八木沢君には指名癖があるんだ」と、川添警部が笑った。ちらりと見ると、速水は先生に当てられた小学生のような顔をしている。

最後に定時連絡時刻を決め、全員で時計をあわせて解散した。会議室の外で速水が追いついてきた。

「ありがとうございます」

「こちらこそよろしく」

「あの……最初から僕を指名するつもりで、現場で死体を見せたんですね?」

「そうだよ」

速水の声が細くなった。

「みっともなくて、すみませんでした」

「最初はみんなそうだ。署のお偉方の中にだって、ホトケを見て卒倒しちまうのがゴロゴロしてるよ」

正面玄関を出ると、傾きかけた陽射しがまともに顔を照らした。

「歩いていこう。この辺は軒並み駐車禁止だからな。車じゃかえって不自由だ」

先に立って歩き出す道雄に、速水は長身を屈めるようにしてついてくる。

「以前、聞いたことがあります」

「何を?」

「遺体を見て、被害者の無念さを頭に叩き込んでおかなきゃいけない」

「そういう刑事もいる、ということさ」

道雄はちょっと笑った。

「俺はそんなことを考えたことはないよ」

「何を考えられますか」

「なにも。ただ、被害者を知っておかなきゃ話にならんからな。会っておくというだけのことだ」

「会っておく——」

道雄は足をとめ、軽く速水の肘《ひじ》を小突いた。本当なら肩をポンと叩いてやりたいのだが、相手が長身過ぎて格好がつかないのだ。

「もう気にするな。遺体を見せて君を試したわけじゃないんだから」

速水はまばたきをする。

「なぜ、僕を？」

「正直で、気が優しいと思ったからだ。これでいいか？」

ややあって、速水はうなずいた。「はい」

「よし、行こう。今夜は徹夜を覚悟しておけよ」

5

父親を送り出したあと、しばらくしてハナも帰ってしまったので、順は一人きりになった。

二人暮らしには広い家である。床《とこ》の間《ま》のある部屋に一人でぽつりとしているときなど、座敷わらしにでもなったような気がすることがあった。

畳に寝転がっていると、頭の上の方でしきりと爆音が聞こえる。うるさいなあ、と窓から外を見上げると、カナリアのような明るい色合いのヘリコプターが一機、荒川の方向へ飛んでいくところだった。それを見送ると、また一機やってくる。

ひょっとすると、と思ってテレビをつけた。ニュースのチャンネルを探してみる。思ったとおりだ。荒川でバラバラ死体の一部が見つかったのだという。

父さん、これでまたしばらく、まともにうちに帰ってこられないな。

一度だけ、テレビ画面にちらりと道雄が映った。ポケットに手を突っ込んで、うつむきがちに土手の階段を降りてくるところだ。

小さく見えるな、と思った。

テレビタレントや女優、俳優は、「テレビ画面では実物よりずっと太って映るから」と、かなり厳しいダイエットをするのだという話を聞いたことがある。確かに、野外ステージなどで見かけるアイドルタレントの実物は、可哀想なほどやせているものだ。

だが逆に、テレビを通すと実物よりも非常に小さく見えるという人種もいるのだと、順は思う。その代表がプロ野球選手と刑事だ。

野球選手の場合は、その身体から発している迫力を、テレビという二次元の媒体ではとらえきれないからだろうし、刑事の場合は、いいニュースではテレビに登場しないからだろう。

テレビの中の刑事たちの背中は、一様にこう言っている。我々は本来ならこんなところに姿を見せたくなかった。こんなところに現われたくなかった。しかし、またこんな事件が起こってしまったから、やむをえずここにこうして立っているのです。

ふと、別れて暮らしている母の幸恵《ゆきえ》の顔を思い出した。

離婚の本当の理由がどんなものだったのか、順には理解しきれていない部分がある。あくまで「子供」としての立場からしか見ることができないからだ。

ただ、幸恵はよくこう言っていた。

(刑事なんて、世の中の嫌な面、汚い面ばかり見て暮らす仕事よ。でも、お父さんはそれを天職と思ってるのね)

(もう疲れちゃった。なにも見たくないし、聞きたくもない)

寝転がって天井を見上げながら、母さんどうしてるかな、と思った。

幸恵は、ほんの半月ほど前に再婚したばかりである。相手は産婦人科の医師で、歳《とし》は道雄よりもずっと若い。前の奥さんとは死別で、順よりも小さな女の子が一人いる。

それもあって、順は父親のもとに残ることにしたのだった。新しい父親だけでも気億劫《きおっくう》なのに、いきなり妹ができるのは面倒くさい。それに、幸恵には新しい家族ができるのに、道雄はまったくのひとりぼっちになってしまうというのは、ひどく不公平に思えたから。

また寝転がり、ウトウトッとしかけたところに、玄関で声がした。

「ちわぁ」

こんにちは、の省略形で挨拶をするのは、後藤慎吾《ごとうしんご》に決まっている。順は寝たまま声を張りあげた。

「いるよ。入れよ」

「おっじゃましまーす」

どかどかっと、慎吾が座敷に上がってきた。丸坊主に近いスポーツ刈りの頭に、派手なプリントのトレーナーを着ている。この町の中学校に転校してきて最初にできた友達だ。柔道部員である。

「お、やっぱ親父さんは出かけてんだな？」

慎吾にとっては、勝手知ったる八木沢家である。気安く言ってあぐらをかいた。

「そうだよ。ニュース見た？」

「見た見た。ひでえよなぁ。でもよ、おまえの親父、カッコイイよな。ああいう事件のときによ、白手袋はめて『ご苦労』なんちゃって現場へ行くんだろ？　おまわりが『は！八木沢警部、どうぞこちらへ』なんて敬礼してよ」

「さあ、どうかなぁ。見たことないもんね」

順は噴きだした。

「それに、うちの親父は警部じゃないよ。ヒラ刑事」

「『わたしは一生現場にいたいのです』なんて、昇格試験を受けねえヒラ刑事か。カッコイイぜ」

慎吾は刑事ドラマの見過ぎなのである。なにしろ、順が刑事の子供であることを知ったとき、最初に放った質問が、

「おまえよ、親父さんがうちで拳銃の手入れをしてるとこ、見たことあるか？」だったのだ。そして二言めには、「オレも刑事になりてえなぁ」である。

おかしなものだ。慎吾の家は、都内で五本の指に入ろうかという大きさの材木問屋なのだから。町内では——いや、おそらくは区内でもいちばん大きな邸宅に、家族六人で住んでいる。

（風呂場で転んでネンザしちまった）

(そそっかしいなぁ。柔道部がどうしたんだよ)

(とうちゃんがバカだからよ、オレんちの風呂、総檜《ひのき》なんだ。すべってしょうがねえよ)

というくらいの家なのだ。順は仰天したものである。

そして、総檜の風呂を造ったおかげでバカよばわりされているその父親、後藤吾郎《ごろう》は、町会長でもある。この町の生き字引だ。そうだ、と順は座り直した。

「慎ちゃん、知らないか？　お父さんも何か言ってないかな。ここんとこ、ヘンな噂が流れてるんだって」

「なんの噂？」

順が説明すると、とたんに慎吾は渋い顔になった。

「その話かよ」

「知ってるんだね？」

「そんなのほっといてテトリスやろうぜ。オレよ、そのことはよそに行ってしゃべっちゃいけねえって、とうちゃんに言われてんだ。エライ人なんだぜ、あの家に住んでんの。親父、そのことで篠田《しのだ》さんと大ゲンカしそうになってよ、『わたしがそんな話をふれまわってるわけじゃありませんよ』なんてカッカしてんだぜ。あそこに住んでる人のことは内緒なんだ。ペチャクチャしゃべくったらぶっとばされちま――」

順は穏やかにさえぎった。

「もうしゃべっちゃってるよ、それじゃ」

慎吾は口をつぐんで、バツが悪そうな顔をした。

「オレ、かあちゃんにいつも言われてんだ。おまえ、出世したいと思ったら、せめて体重と同じくらい口を重くしなよ」

「慎ちゃんはしたくないって言ったたって出世できるって。それに、僕もこの話は家政婦さんから聞いたんだけど、いろんなところでいろんな人が噂してるらしいよ」

へえ……と、慎吾は丸々した頰をふくらませた。

「なんだ、じゃ、オレがとうちゃんに怒られることねえじゃん」

順は台所へ行き、冷蔵庫から缶コーラを二本出して戻ってきた。ハナには、「ぼっちゃま、一週間に一缶でございますよ。それ以上はいけません」と釘《くぎ》を刺されている飲み物である。

「コーラで買収する気だな、刑事の子」

「ゲロしたら天丼もとってやる」

「いいなぁ、それ！　オレ、刑事になりてえ！」

コーラを飲みつつ、慎吾は話を始めた。

後藤家の面々がこの噂を耳にしたのは、半月ほど前のことだという。正確には、「耳にした」というよりも「怒鳴り込まれた」のだ。

「あの家の持ち主は、篠田東吾《とうご》っていうじいちゃんなんだ。普段はそのじいちゃんが一人で住んでるんだけど、うちに怒鳴ってきたのは、その篠田さんの秘書みたいなことをやってる人で、なんか忍者の親分みたいな名前だったたな」

「ニンジャのオヤブン……」

しばらく当てっこをした結果、慎吾は「才賀《さいが》さん」という名前を思い出した。

「どこが忍者なんだよ」

「でもよ、アクション時代劇に出てきそうな感じの人だったぜ。頭にはちょっと白髪があったけど、肩なんか筋肉モリモリでよ。背はそんなにでかい方じゃなかったけど、ありゃ、相当金かけて鍛《きた》えてるぜ」

「いくつぐらいの人？」

「五十をちょっと出たぐらいだろうって、あとでとうちゃんが言ってた」

その才賀という男が、篠田邸で女性が殺されたの埋められたのという噂が流れていることについて、町会長に抗議にきたというのだ。逆に言えば、その時点で、問題の噂はすでに町内に流れていたということになる。

「でも、うちじゃみーんな初耳でよ。びっくりしたぜ」

根も葉もない中傷を流さないでいただきたい。いや、うちだってそんなこと知りませんよ、というやりあいの後、その日は才賀は引き揚げていった。そして翌日、今度は当の篠田東吾氏と一緒にもう一度やってきたというのだ。

後藤家の人たちも、それでようやく事態を把握できたようなものだった。

「篠田さんて人は、もう——七十歳は過ぎてんじゃないかなぁ。オレもそのとき初めて会ったんだ。ちっこいじいちゃんだよ。声と態度はでっかいけど」

篠田氏は流れている噂の内容を説明し、それはもちろん「真っ赤な嘘」であると力説し、町会長としてどう対処していただけるかと「つめこんだ」という。

「詰め寄った、じゃない？」

「そうそう。とにかく、最後の方はケンカみたいなもんよ。うちのとうちゃんもカッとなるとスゲエからね」

「だけど、いくら後藤さんが町会長だからって、噂のことまで責任はとれないよね？　なんで怒鳴り込んできたんだろ」

慎吾は鼻の下をこすった。

「そりゃ、あそこに住んでるのが篠田さんだってことと、篠田さんの正体を知ってるのがうちだけだからだよな」

この町では、年に一度、「住民調査」のようなことをする。各家の家族構成とそれぞれの年齢、職業などを所定の用紙に書いて、町会長あてに提出するのだ。

「昔はそんなことしてなかったんだけど、このごろ人の出入りが激しいから、そうでもしないとわかんなくなっちまうっていうんだよな」

町会活動、回り持ちの役員、当番、子供会や老人会の世話。マンションの急増などで町が膨張している今、確かに、ちゃんとした名簿なしではすべての運営がむずかしい。

もちろん、強制ではない。嫌がる人たちもいるし、それはそれで正論だ。だが、交番でもこの制度を奨励《しようれい》しているのと、後藤町会長が、調査書と引き換えに「決して本人の承諾なしに外部に漏《も》らすことはしません」という一札を書いて渡しているのとで、住人の大部分が協力体制をとっている。

それに、職業などは単に「会社員」程度のことを書いておけばいい。学生なら「学生」だけで、学校名までは必要ない。

この町に引っ越してきたとき、道雄と順もそれを提出した。職業欄に、道雄は「公務員」と書き、それから口頭で、町会長に自分の職業の詳細を説明したのだった。

「後藤さんは信頼できる人だよ」と、あとで言っていた。

それだから、慎吾も順が「刑事の子」であると知っているのだ。だが、二人でいるとき以外は決してそれを口にしないのだから、彼も自分で言っているほど口の軽い人間ではないと、順は思っている。

「でさ、一年ぐらい前かな……篠田さんがあの川っぷちの土地を買って家を建てたとき、やっぱ調査書をお願いしたわけよ。そしたら、最初はいい顔しなかったんだよな。で、そんならしょうがねえやと思ってたら、しばらくして、絶対よそには言わないって条件で、書いてくれたんだ。これから何かと世話になるかもしれませんからって。わたしはマスコミ嫌いだし、ここに住んでいることさえ公《おおやけ》にはしてないんだから、なにぶんよろしくって」

篠田氏も道雄と同じように、後藤町会長の人柄を信頼したのだろうと、順は思った。

それにしても――

「篠田さんて、何者なのさ。だいたい、あんな家に独りきりで住んでるなんておかしいじゃない」

慎吾はじろっと順を見た。順は手で口にチャックする真似《まね》をした。

「信じてよ。『石の口』の順ちゃんよ」

慎吾は声をひそめた。

「篠田東吾さんて、画家なんだ」

「絵描きさんか」

「うん。ほら、なんてんだ？　竹とかスズメとか描いて、床の間にさげとくじゃんか」

掛け軸だ。

「墨絵かな。日本画だろうね」

「そうそう。有名らしいぜ。外国にも、篠田さんの絵を集めてる人がいるんだって」

それはスゴイことだろうなと、順は思った。

「でも、そんな人がなんでこんな町に?」

アトリエを持つなら、もっとそれらしい場所がいくらでもありそうなものだ。

「知らね。ただのもの好きなんじゃないの?」

慎吾はあっさり言って、足を投げ出した。

「うちだってマイッてんだぜ。どっかのバカが変なことを言い出すからよ、篠田のじいさんアタマきちゃって、『警察に届けたっていいんだ』なんて怒鳴るしよぉ」

慎吾は、大きな身体に似合わぬ可愛いため息をついた。

「うちのとうちゃん、あのうちの中を見せられたんだぜ。怪しいことなんか何もないことを確かめてくれって。そんなのわかりきってるけどよ。誰がこんな町中で『蠟人形《ろうにんぎょう》の館《やかた》』みたいなことをやるかよ」

そうなのだ。常識から言ってありっこない。だがそれだけに、妙にリアルな噂の横行が不気味に思える面がある。

警察、か。

「実を言うと、うちの家政婦さんも、うちの親父の耳に入れといた方がいいんじゃないかって心配してるんだ」

順は畳にひっくり返った。

「相手がそんな有名人だったら、なおさらだよな……」

「篠田さんも才賀さんて秘書の人も、こんな噂がまことしやかにマスコミに流されたりしたら困るって、それを心配してたな」

当然だろう。

「案外、篠田さんと仲の悪い同業者の仕業《しわざ》だったりして」

「ありえるかもなぁ」と言ってから、慎吾はパッと顔を輝かせた。

「よお、刑事の子。オレたちで調べてみない？」

「何を？」

「だから、なんでこんな噂が流れ始めたのか、その理由をだよ。誰が始めたことなのか。面白いじゃん？　うちだって、あの篠田のじいちゃんに怒鳴られっぱなしじゃ面白くありませんよ」

「ダメダメ」順は天井に向けて手を振った。「そんなことをやったら、僕が親父にぶっとばされちゃうよ」

「そうかぁ。そんなのいいじゃん」

無責任なことを言う慎吾である。順はひょいと起き上がった。

「でもさ、さっきから聞いてると、慎ちゃんのうちは、あんまり篠田さんをよく思ってないみたいだね。いろいろうるさいから？」

「それもあるけど」

「ほかにも理由があんの？」

思わず乗り出すと、慎吾はケロリと答えた。

「あのじいさん、町会費を払わないんだよね」

順はばたりと畳に倒れた。

「それ聞いて、カンペキに調査意欲がなくなった」

「なんだよぉ」


その夜――

自分のベッドにもぐりこんでいた順は、遠くかすかに郵便受けの鳴る音を聞いた。

耳ざとい。眠りが浅い。これは父方の遺伝だろうが、一人で夜を過ごすような環境になってから、その傾向になおさら拍車がかかってきた。

どうしようかな……面倒だなと思ったが、そうしているうちに目が覚めてしまった。

起き上がって玄関へ出てみる。階段を降りて台所の時計をのぞくと、午前一時を過ぎたところだ。

そっと玄関の引き戸を開ける。さすがに寒くて、身震いが出た。

赤いペイントで塗られた郵便受けから、白いものがはみだしている。指先で角をつまみ、少しだけ引き出して見ると、封書だった。

玄関からとって返し、風呂場に置いてあるビニールの手袋をはめて戻った。念のためだ。慎吾が見ていたら、「さすが刑事の子」と言うかもしれない。

「やぎさわ　みちおさま」と、フェルトペンのようなもので宛名が書いてある。妙に角ばった筆跡だった。

この家の住所は書いてなかった。切手も消印もない。誰かが直接配達してきたのだ。裏を返すと、ここにも何も書いてなかった。差出し人不明。

ちょっと迷ってから、開けてみることにした。手袋が邪魔で苦労した。

便箋《びんせん》が一枚、ペラリと入っていた。やはりフェルトペンのようなもので書かれた同じ筆跡で、たった一行——


「しのだ　とうご　は　ひとごろし」


順はあたりを見回した。誰もいない。影も見えない。

何か問いかけても、夜は答えてくれそうになかった。

第二章　犯行声明

1

翌日、順は登校するとすぐに慎吾をつかまえた。

「これから話すことは全部オフレコ。約束できるか？」

「おまえよ、そういうのを水くさいと言うんじゃない？」

事情を説明すると、慎吾は細い目を見開いた。

「いよいよそんなことをするヤツまで出てきちまったのかぁ」

ざわつく教室の中で、密談するように声をおとす。座り方まで身構えた感じになった。

「で、どうすんだよ？　親父さんに相談するか？」

順はかぶりを振った。

「最後にはそうしなきゃならないかもしれないけど、うちの親父、今はとてもこんなことにかかずらっていられる状態じゃないし――」

「そりゃそうだな、うん」

「相談する前に、できるだけ材料を集めといた方がいいと思うんだ。だから、少し自分で調べてみる」

慎吾は肉付きのいい膝をぽんとはたいた。

「やっとその気になってくれたかよ。よし、オレたち二人で――」

そのとき、始業ベルが鳴り始めた。クラスメートたちが、だらだらとではあるが、それでも真面目に席に着き始める。慎吾は嘆いた。

「あーあ。オレたち、大学生だったらよかったのになぁ」

「どうしてさ」

「だってよ、大学生なら、こんなとき学校なんかサボッても平気じゃんか。せっかく捜査を始めようってのに、まず授業を受けなきゃならねえなんて、義務教育はツライぜ」

昼休みに、二人で図書室へ行った。日本画家・篠田東吾氏の公的資料を調べようというわけである。

慎吾は不満顔だった。

「刑事ってのはよ、まず現場を踏むもんじゃねえの？　図書室なんて地味なところへ行くのはマイナーだぜ」

「美術」の書架《しょか》の前で、順は答えた。

「捜査なんて地味なもんだって」

「オレ、派手な方が好き」

「慎ちゃん、『大統領の陰謀』って映画、観なかった？」

「なんだ、そりゃ」

「ウオーターゲート事件を報道したワシントン・ポストの記者の映画なんだよ。ロバート・レッドフォードとダスティン・ホフマンが出ててさ。ある人物がある資料を借り出したかどうかを調べるために、一つの図書館の貸出しカードを全部調べるシーンがあるんだ。かっこよかったよ」

「そうすっと、オレはレッドフォードだな」

順のそばに寄って来て、背比べをしながら慎吾は言った。

「身長からいって、トーゼンおまえはホフマンさんだ」

「どっちでもいいよ」

現代人名辞典、美術関連の年鑑など、棚にあるこれという本のすべてをあたってみたが、「篠田東吾」の名前は見つからない。画集も見当たらなかった。

公立中学の図書購入予算など知れたものだから、値段の高い画集がないのは仕方ないにしても、現代美術の本のどこにも、「篠田東吾」が出てこないというのはどういうことだろう。

「慎ちゃん、篠田さんはかなり有名な画家だって言ったよね？」

閲覧《えつらん》用に据えられている広い机に座り、がっちりした足をぶらぶらさせながら、慎吾はうなずいた。

「だってよ、すげえ金持ちらしいもん。ハガキぐらいの大きさの絵が何十万円もするんだって、とうちゃんが呆《あき》れてたな」

順は眉をひそめた。そんな人の名前がどうして見つからないのだろう。

「よ、ここはやっぱ、聞き込みをやるべきだな」

「聞き込み？」

「美術の三坂《みさか》先生だよ」

今年赴任してきたばかりの若い女の先生である。昼休みはいつも、美術室の奥の準備室で絵を描いているはずだ。

二人で駆け出して行くと、少し驚いたような顔で迎えてくれた。まだ女子大生のような雰囲気の先生で、話をしているあいだ、しきりと長い髪に触れていた。

「篠田東吾ね……」

「先生、知ってますか？」

「知ってるわ、もちろん」と、イーゼルの前に据えたスツールから立ち上がった。壁ぎわにある小さな本立から雑誌を一冊抜いて、順に差し出す。

「近代美術　特別増刊号」だった。表紙に、「現代を描く百人の画家たち」と、大きな活字が躍っている。

「載せられている人は五十音順になっているから、すぐ見つかるわ」

そのとおり、すぐわかった。

「どうしてこの人に興味をもったの？　八木沢君や後藤君が美術好きとは思わなかったなぁ」

「ちょっと、急に知る必要が出てきたんです」

「なぜ？」

「こいつ、美術部の女の子にホレちゃってんです」

と、慎吾が出まかせを言った。順はかまわず、本文を読んだ。

「日本画壇の異端児　異色の作風」と太字の見出しがついている。

篠田東吾。これは雅号《がごう》だった。本名は篠田四郎《しろう》。生年月日から逆算すると今年七十二歳だ。

「篠田氏は東京・墨田区《すみだ》で左官業をいとなむ家の四男として生まれた。当時の尋常高等小学校を卒業するとすぐ家業を手伝い始める。日本画に興味をもったのも、当時の日本画壇の重鎮《じゅうちん》、故——氏のアトリエの改修工事に携《たずさ》わったことがきっかけだったといわれている。

そのとき氏はすでに三十六歳。以後、——氏のもとで習作を描き始め、大作〈火炎〉が認められて、その遅咲きの才能が開花したのは四十五歳のときであった。〈火炎〉は水墨画の手法を用い、昭和二十年三月十日の東京大空襲の際、氏の生まれ育った本所《ほんじょ》周辺を襲った惨禍《さんか》を描き出したという異色作である。

しかし、もとより専門的な美術の教育も受けていないために、氏の作風は従来の日本画の枠から逸脱しており、また〈火炎〉を発表後まもなく恩師である——氏が急逝《きゅうせい》したという不運もあいまって、一部には熱狂的な支持者を得ながらも、以後長い間、氏の存在は画壇から黙殺され続けてきた。

その「冬の時代」に終止符を打ったのは、昭和五十五年に発表された連作「川のある風景」である。この年初めて行なわれた国際美術交流協会主催の展覧会に出展されたこの作品は、特別審査員として来日していた現代シュールレアリスムの巨匠、……氏の絶賛を浴びて大賞を獲得し、「TOUGO　SINODA」の名を一躍世界的なものへと押しあげた。現在、篠田氏の作品には、海外にも多くのコレクターが存在している。

好んで達磨《だるま》を描くところから〈達磨東吾〉、また短兵急《たんぺいきゅう》な気質に自ら〈喧嘩《けんか》東吾〉を称する」

本文の隣りに、〈火炎〉の写真が載せられていた。

写真ではハガキぐらいの大きさになっているが、それでも異様な迫力のあるものだった。墨絵なのだから一筋の朱色も入っていないはずなのに、東京の空を焦がす炎が、絵の奥で猛《たけ》り狂っているのが見える。

あそこには色などなかった。町の、人間の、色彩のすべてが焼き尽くされて、私がこの目で見たのはこの暗黒だけだったのだ——そう訴えかけられている気がした。

そして、この絵のなかにも達磨が描かれていた。画面の左下の隅だ。倒壊した家屋が炎上している。その炎のゆらめきのなかにとけこむように描かれた、歪んだ達磨。怒ったようにかっと見開かれた目とへの字に結んだ口が、逃げ惑う人々をじっと見上げている。

「どう思う？」

三坂先生に尋ねられて、順ははっと我に返った。

「凄《すご》いですね」

そうとしか答えようがないと思った。

東京大空襲のことは、この町に引っ越してきたとき、道雄から聞かされた記憶がある。道雄も両親から——つまり、今はもう亡くなっている順の祖父母だが——話を聞いたのだそうだ。

（平均すると、一平方メートルあたり二個の爆弾が落ちたんだそうだ）

（父さんの実家があった墨田区の緑町《みどりちょう》から、日本橋《にほんばし》あたりまで見通せたそうだよ。焼け野原で、さえぎるものが何も残ってなかったんだな）

そのときは、やはりピンとこなかった。なにしろ四十年以上も昔の話なのだ。

「『帝都大戦』という映画があるでしょ。観た？」

順は首を振った。タイトルには聞き覚えがある。

「観てごらんなさい。東京大空襲のシーンが出てくるの。わたしだって、あの戦争に関する知識はなんにもないから、ただスゴイ、スゴイ、よくできてると思って見たんだけどね。あとでうちにある画集の〈火炎〉を見てみたら、やっぱりこっちの方が凄いのよね……。篠田さんて、そういう画家よ」

「三坂先生、篠田東吾さんが好きなの？」

つまらなそうな顔で聞いていた慎吾が口を出した。先生は微笑した。

「ええ、好きよ。尊敬してる。この人の作品を見て、わたしも絵を習いたいと思ったんだもの」

「こんなに立派な画家なのに、図書室にある資料では調べられなかったんです。どうしてかな」

順の質問に、三坂先生はちょっと唇をとがらせた。ますます女子大生のように見える。

「そうでしょうね。そこがおかしいところなんだけど、つまり、篠田東吾という画家は、現在でも、日本画壇にはいないも同然なのよ」

「だって、篠田さんの絵はすごく高い値段で売れているんでしょう？」

「彼の場合、商業的な価値と芸術性は両立しないのよ」

順と慎吾は顔を見合わせた。

「どうして？」

「正統派じゃないから。やっていることが奇抜だから。日本人には根深い舶来文化コンプレックスがあるから、それまで日陰の存在でも、海外で高い評価を受けたとたん、国内での株があがったりするものなんだけど、あの人だけは別ね」

くすくすっと笑って、

「まあ、本人の人柄にもよるんでしょうけど。評論家と殴り合いの大喧嘩をしたこともあるんだって。カゲキなのね。敵も多いらしいわよ」

昨日、冗談半分に言ったことを思い出した。（変な噂、篠田さんの同業者の仕業だったりして）

喧嘩東吾か。順はその呼び名を頭のなかに刻みつけた。気をつけなきゃ。

最後にもうひとつ、質問した。

「先生、篠田東吾さんがどこに住んでいるか、知ってますか？」

三坂先生は首をかしげた。

「さあ……あの人にはわからないことが多いの。マスコミにもめったに出てこないしね。そういう意味では謎の画家よ。どこか地方の静かなところにいるんじゃないかしら」

この学校のすぐそばにいるんですよ。そう教えてあげたくてウズウズしたが、慎吾のコワイ顔を見て思い止まった。

なんだかんだ言うが、親父さんの言いつけをきちんと守る慎ちゃんなのである。

「ありがとうございました」

雑誌を返して廊下に出ると、午後の授業の開始のベルが鳴っていた。慎吾と並んで教室に走りながら、順は、なんとかして本物の「火炎」を見てみたいな、と思っていた。

2

そのころ、道雄と速水は、バラバラ死体の発見現場から二キロほど北にある、「コスモ東大島《ひがしおおじま》」というマンションにいた。

荒川の土手を背にして建てられている七階建てのマンションである。いわゆる「下駄ばき」で、一階には駐車場とエントランスと管理人室しかない。

二人がここに足を運んできたのは、昨日の朝早く、まさにその管理人が、土手の上から荒川に、何か袋に入ったものを捨てているのを見た、という通報があったからだった。

管理人は道雄と同年配だが、そわそわと落ち着きのない感じのする男だった。話している間も、絶えずつま先や目線をあちこちに動かしている。

「何を捨てていたんですか」

「何も捨てちゃいませんよ。失礼な、見間違いじゃないんですか」

ふてくされたように言う。道雄は手帳を閉じ、あっさりと宣言した。

「では、ご面倒ですが署までおいで願わなければなりませんな。どこがどう見間違いなのか、じっくり調べましょう」

お連れしよう、と速水をうながすと、管理人はいまいましそうにふんと鼻をならして、早口に言い出した。

「わかりましたよ。言やあいいんでしょう。捨てましたよ。ここの駐車場に捨てられていた手提《てさ》げ袋をね。川に投げ捨てたんですよ」

道雄は眉をひそめた。速水がびっくりしたように、

「どうしてそんなことを。不法投棄ですよ」

管理人は小鼻をふくらませた。

「そりゃあ、あたしだってしたくありませんや。でもね、ほかにどうしようもなかったんです」

管理人が言うには、昨日の朝早く建物の周りを掃除していると、異様なにおいがするのを感じたのだという。調べてみると、駐車場の隅に捨てられている紙製の手提げ袋がにおっているのだとわかった。

「たまらないんですよ。ここの入居者の連中ときたら、ゴミだの要らないものだのが出たら、気の向いたときに気の向いたところにうっちゃっておけば、あたしが始末するもんだと思ってるんだから。だけど、生ゴミの収集日は月水金と決まってるんだから、それ以外のときにこっそりうっちゃっていかれたら、あたしだってどうしようもないんです。そのくせ、そのままにしておくと、すぐにガミガミ苦情を言ってくるんだ」

すごい剣幕《けんまく》だった。

「生ゴミ？　その手提げ袋の中身は生ゴミだったんですか？」

「確かめはしませんでしたけど、ともかくすごいにおいでしたからね。だいたい見当はつきますよ。前にもあったんです。こっそり飼ってた猫が死んじまったんで、袋に入れて、どこに置いていったと思います？　管理人室のドアの前ですよ。まったくどうしようもな——」

言いかけて、管理人の口が半開きになった。

「刑事さん、あんたもしかして、あたしが川に捨てたその袋に例のバラバラが入ってたとでも言うつもりじゃ——」

道雄はそのつもりだった。

「中身はまったく見てないんですね？」

「いや、ちらりと見ましたよ。よくある白いビニール袋に入ったもんが二つ――とにかく臭くって臭くって」

「駐車場の隅とおっしゃいましたが、ここの駐車場は、その気になれば外部の人間でも出入りできますね？」

「ええ。ごらんのとおりの下駄ばきですからね。ときどき車にいたずらされて困ってるぐらいで」

「その手提げ袋はどんな柄でした？」

管理人は、都心にある有名デパートの名をあげて、

「そこのショッピング・バッグですよ。ちゃんと防水になってるやつでね」

それから一時間ほどのち、潜水班が、バラバラ死体の発見現場の下流でショッピング・バッグをひとつ、引き上げた。管理人は間違いなくそれだと確認した。バッグにはまだかすかな異臭が残っていた。

遺体の頭と手首は、川に投げ捨てられた拍子に、ショッピング・バッグから飛び出して別々に流れて行ったのだろう。

それにしても妙だな、と道雄は思った。

犯人は何を考えて「コスモ東大島」の駐車場に遺体を捨てたのだろう。管理人がこっそり川に投げ込んでくれると期待していたわけでもあるまい。それなら自分で捨てる方が早いし、確実だ。

「あそこの入居者が犯人なら、もっと遠くに捨てるでしょうし」

「うむ」

いずれにしろ、「コスモ東大島」の入居者や近隣の捜査を強化しなければならない。本部にその手配を頼む連絡を入れ、速水と聞き込みに戻る。三十分ほどすると、今度は本部から呼び出しがかかった。

速水が電話をかけにいく。そして、戻ってきたときには顔がこわばっていた。

「身元でも割れたか？」

「いえ、違います」速水の語尾はかすかに震えていた。「捜査本部に、犯人からのものと思われる犯行声明が届いたんですよ」

道雄は目を見張り、思わず足をとめた。

「それだけじゃありません。バラバラ死体のほかの部分を捨てた場所を教えてきているそうです」

速達だった。消印は東京中央郵便局。昨日の日付だが、時刻の方は消印が薄くて読み取り切れないという。通常の配達経路をとらず、表書きを見た郵便局員が直接持ち込んできたものだった。

表書きは、「あらかわバラバラしたい　そうさほんぶの　みなさん　へ」。所轄署の住所も、ひらがなできちんと書いてあった。

3

本部の会議室はごったがえしていた。空気の中にはっきりと、これまでよりも一オクターブ高い憤激が、不協和音となってこだましている。

挑戦状だ、挑戦状だ、挑戦状だ――

黒板の前に立つ川添警部の顎も、さらに角張って見えた。

「現物はいま鑑識に回っている。諸君の手元にはこちらで作った写しを回す」

コピー用紙が回されてくる。警部はキャスターつきの黒板を裏返した。

「文面だ」

「バラバラしたい　みつけた　ね

つぎは　ひのでじどうしゃ　の　はいしゃ　の
　なか」

「原文はこのとおり、ひらがなで分《わ》かち書きしてある。一見したところ、水性のサインペンのようなもので、手書きされたものだ。封筒は定型の縦型、上質紙。便箋も紙質は同じだから、おそらくセットで販売されているものだろう。罫線《けいせん》なしの白地に、左肩にページをうつ欄が銀色の線でいれてある。メーカーはまだ不確定だ」

警部が早口に説明する間に、道雄は文面を三度読んだ。あちこちから質問の声が飛ぶ。ドアが開いて所轄の刑事が駆け込んできた。手には新しいコピー用紙の束。警部はもぎとるようにしてそれを受け取った。

「とりあえず、二十三区内にある名称『ひのでじどうしゃ』のリストだ。急遽《きゅうきょ》作成したものだから、各自、分担先の『ひのでじどうしゃ』で、ほかに該当がないかどうか確認しながら動いてくれ。『はいしゃ』の解釈も広くとるように。いいな、『ひのでじどうしゃ』にある車はすべて、根刮《ねこそ》ぎ調べてくれ」

会議室がいっせいに動き出した。

リストアップされた「ひのでじどうしゃ」は十六カ所だった。うち五カ所は経営者が同じチェーン店である。

道雄と速水の班には、江戸川区《えどがわ》と葛飾区《かつしか》に所在の二カ所が割り当てられた。ここでは道雄が指揮をとり、十名の捜査員たちを率いてまず江戸川区の方からとりかかった。

ここは、正確には「日の出《ひで》モーターショップ」で、タイヤやカーアクセサリー、エアコンなどを扱う小さな店舗だった。車両そのものは、店の名前入りのヴァンが一台と、シートの張り替えを依頼されて預かっているという、品川《しながわ》ナンバーのセダンが一台あるだけで、廃車はない。店の裏手に、店主の両親が経営しているという月極駐車場があったが、車は出払っていた。

すべての捜査に二時間をかけた。まだ三十歳そこそこだという店主の話では、出入りする客は常連ばかりだという。

「どっちかっていうと、バイクの客ばっかりですよ。俺も昔、族に入ってたから」

葛飾区の方の「日の出自動車修理工場」は、幹線道路に面した角地にあった。「車検格安」の錆《さ》びた看板が、道路に大きく張り出している。

経営者は道雄と同年配の太りじしの男で、警察と聞いてうろたえながら呼ぶ女性事務員の声に、工場の隅に停めてあった銀白色のベンツの下から、油まみれになって出てきた。きれいに後退した額《ひたい》にも、黒い機械油がついている。

「うちにそんなもんがあるわきゃねえんだが、おかみの命令とあっちゃ仕方ありませんな」

「ありがとう。ご協力に感謝します」

工場内は広く、現在預かっている車だけで十六台あるという。どこもきちんと整頓され、壁には「作業終了時　道具箱の点検を忘れるな」と大書《たいしょ》された標語が貼ってあった。

「ここは、夜間は閉鎖するんですね」

「そうですよ。うちは高級車を扱うことが多いんでね。以前、ハブキャップばっかり狙うバカなコソ泥がいて、ひどいめにあったことがあるんで、厳重にしてます」

「ほかに、車を置いてある場所はありますか？」

「ここだけですよ」

「廃車は？」

経営者は太い首を横に振った。

「昨日までに処分したものも？」

「ないです」

そして、死体もなかった。

別に、工場と地続きの資材置場があり、その一角は従業員用の駐車場になっていた。フェンスはないが、きちんと掃除されていて、廃車と見違うような車もない。

どうやら、ここでの捜索も徒労に終わりそうだった。無線を通じて刻々と入ってくるほかの班の捜索状況も芳《かんば》しくない。現時点で十二カ所まで捜査が終わっているのに。

二十三区内ではないのか、と思った。

それとも、ガセねたか？

捜査車の脇にたち、動き回る速水たちを見つめながら無線を聞いているとき、ちょっと離れたところに若者が一人いて、興味深そうにこちらを観察していることに気がついた。

鋲《びょう》を打った革ジャンにTシャツ、ボロボロのジーンズといういでたちである。髪は長く、てっぺんに逆毛を立てて、金色に染めてある。

思わず目をむいていると、経営者が言った。

「ありゃ、うちのドラ息子でね」

「息子さん、車は？」

「まだ十七ですから。十八になったって免許なんざとらせませんが。あの上まだ車なんか乗り回されたひにゃ、ご先祖に顔向けできません」

道雄の心のなかで、なぜかうずくものがあった。気になった。

以前、別の事件で、ああいう風体《ふうてい》の若者に出会ったことがある。ロックバンドを組んでいて、よく車検を通ったと思うようなポンコツを乗り回していた。

（楽器に金がかかるし、この方が新車よりかっこいいじゃん？）と言っていたものだ。

「ねえ、君」

声をかけると、若者はどことなくトカゲを思わせるような目を向けた。

「君もロックをやっているのか？」

ややあって、馬鹿にしたように答えた。

「ヘビメタだよ」

「バンドを組んでいる？」

もぐもぐと口を動かして黙っている。経営者がいらだたしそうに言った。

「バカ息子ですが、こいつは関係ないですよ」

「わかっています。車のことをききたいだけで」

道雄は若者に向き直った。

「バンドのメンバーの誰かが車を持ってないかい？」

ちらりと父親の渋い顔を見てから、若者は答えた。

「持ってるよ。ライブに行くとき要るからね」

どんな車——と質問するより早く、経営者が大声を出した。

「おまえら、まだあんなガラクタを乗り回してるのか！」

道雄は一歩踏み出した。

「最近、その車をこの近くに停めたことがあるかね？」

「あるよ。おとついの晩かな」

「あんな恥知らずな車をうちの車庫に？」と、経営者が怒鳴る。

「車庫じゃねえヨ。裏の駐車場。それに一晩だけだよ。小林《こばやし》がビール飲んじゃったから って置いていったんだ」

道雄は若者の腕をつかんだ。

「その車、今はどこにある？」


十分後、道雄は、「日の出自動車修理工場」から、二キロほど離れた「小林板金塗装《ばんきんとそう》店《てん》」にいた。問題のポンコツ車は、そこの十九歳になる長男のもので、ガレージに停められていた。今朝早いうちに「日の出自動車」の駐車場からとってきて（あそこの親父さんがうるさいからさあ）、そのままだという。

「パワーウインドウが故障して、後ろの窓が半分開きっぱなしなんだ」

だから、なおさら廃車のように見えたのだ。だから、その窓から投げ入れることができたのだ。

「ちょっとヘンなにおいもしたけど、そんなのしょっちゅうだから」

ありふれた白いビニール袋が、後部座席の足元の、ちょっと見ただけでは気づかないところに転がっていた。

そこに、人間の腐りかけた左足の膝から下と、そして――

「発見しました」

道雄は無線に報告した。初めて、背中を戦慄《せんりつ》が駆け抜けるのを感じた。

「また、頭部があります」

一瞬、無線の向こうも沈黙した。

「被害者は複数です。繰り返します。被害者は一人だけではありません」

4

噂の出所を捜査するんだと決めたとき、順も慎吾もそろって忘れていたことがあった。お互いに、授業だけではない、部活もあるのだということだ。慎吾は柔道部、順はハンドボール部にいる。一年坊主だから、さぼりはご法度《はっと》だ。

ウォームアップ、ランニング、そして球拾い。ちっとも集中できないで、先輩に二度もどやされかけた。ボールを追いかけて校庭の端まで行ったとき、開けっ放しの柔道部室の窓ごしに、つまらなそうな顔をして畳にぶつかっている慎吾を見かけた。

「オレたちって不自由な刑事だなぁ」

ぼやく慎吾と肩を並べて帰る午後五時過ぎには、順もいささか気力が磨《す》り減っていた。

「でもさ、慎ちゃんにはうちで調べてもらえることがあるよ」

「なんだぁ」

「うちにきたあの手紙のことさ。あれは配達されたもんじゃなかった。誰にしろ、じかに届けに来たんだ。だからその人間は、うちの場所と、うちの親父の仕事をちゃんと知ってたってことになる」

慎吾はけげんな顔をした。

「そんなら町内の人間全部——」

「全部のはずがないよ。うちの親父、表向きはただの『公務員』なんだから」

八木沢家でも、これは徹底している。けっしてうかつに口に出しはしない。

慎吾は立ち止まった。順が振り向くと、細い目が据わってしまっている。

「どした？」

「それはなにかよ、おまえ、オレんちを疑ってるってワケ？」

順はびっくりして、おかしくなった。が、ここで笑っては喧嘩になる。そうなったらまず勝ち目はない。

「あのね、頭を冷やして考えてよ。慎ちゃんちの誰かが、そこまで篠田さんの噂を気にしているんだったら、あんな手のこんだことをしなくたって、うちの親父に直接話にくればそれですむことじゃないか。刑事だってことを知ってんだからさ」

慎吾は憑《つ》きものが落ちたような顔をした。

「あ、そうか。そうだな」

順は内心ホッとした。キケンだなぁ。以後、注意しよう。

「そ、だから慎ちゃんちは最初から除外だよ。問題は、それ以外でチャンスのあった人だということになる。ひょっと耳にしたのかもしれない」

「オレんちで？　そんなことあるかなぁ」

そこで、慎吾が口を開いたまま黙った。やがて、ぽんと頭を叩く。

「あるわ。あるある」

「いつ？」

「二度目に篠田さんと才賀さんがうちに来たときだよ。喧嘩になりかけたって言ったろ？あのときよ、門の方に出てまで言いあいをしてたから、近所の人たちが寄ってきてたんだ。みんな声がデカイからよ」

想像のできる光景だった。

「そのとき、うっかりとうちゃんが言っちまってた。『そんなに警察警察って騒ぐなら、交番でもどこでも行ったらいいでしょうが、三丁目の八木沢さんは刑事だからね、なんならうちからあの人に頼んだっていいんですよ』ってなもんよ」

後藤町会長の声で怒鳴ったら、拡声器でふれまわったに等しい。

「それだね。まず、それだ。そのときどんな人が集まってきてたか、わかる範囲でいいから調べてみてよ。僕は、うちの家政婦さんから、もうちょっといろいろきいてみる。手伝ってもらえるかもしれないし」

家に帰ると、ハナはいつものように夕食の支度を終えて待っていた。契約では四時半にあがっていいことになっているのだが、順の顔を見るまでいてくれるのである。

（育ち盛りのお子さんには、学校から帰ってきたとき、『おかえりなさい』という返事と、とりあえずお腹をふくらます食べ物が必要でございます）

という信念があるからだそうだ。

それでも最初のうちは、この時間外労働に、順も道雄も恐縮していた。その必要を感じなくなったのは、ハナが自分のことを話してくれてからだった。

ハナは今、ここから電車で二駅ほど離れた町に、長男夫婦と三人の孫と一緒に暮らしている。そこでは、家事一切をお嫁さんが取り仕切っており、ハナの出番はないのだそうだ。

（ですが、わたくしにもまだ権勢欲というものがございまして、それで、こちらのお宅に伺《うかが》いますことで、指揮権を統括《とうかつ》する醍醐味《だいごみ》を味わっているわけでございますよ）

（じゃ、うちにくると楽しい？）

（それはもう。家庭を思うように切り回すほど気持ちのいいことはございません）

（頑張ってね、提督《ていとく》）

（提督！　そうすると、ぼっちゃまはさしずめ副官《ふくかん》でございますね）

提督は、副官の顔色をすぐに読み取った。

「何かございましたか？」という質問に、順はビニール袋に入れて保管してある例の手紙を見せ、事情を説明した。

ハナは難しい顔をしている。流しに寄りかかって牛乳を飲みながら、順は続けた。

「ハナさんが言ってたとおり、父さんに相談してみた方がいいよね。だって、いきなり交番に届けたりしてことを荒だてるのはよくないと思うんだ。相手は有名人だし、すごく喧嘩っぱやい人でもあるらしいしね。でも父さん、もう二、三日はうちに戻れないだろうから、それまでに、僕と慎ちゃんで少し調べてみようと思ってる——どうしたの？　そんな顔してさ」

ハナは台所のスツールから立ち上がった。

「旦那さまにお知らせすることは、ハナも賛成でございます。ですが、お帰りを待っている余裕はないと存じます。すぐお電話いたしましょう」

「なんで？」

ハナはテレビのスイッチを入れた。

「夕刊にはまだ出ておりませんが、ニュースでは大騒ぎしておりますよ」

そこで初めて、順はバラバラ事件の続報を見た。犯行声明。第二の遺体の発見。

すぐには声が出なかった。ハナの方を振り向くと、死んだ虫を見るような目付きでテーブルの上の封書をながめている。

「この手紙と――」

封書をさして、彼女は厳《おごそ》かに言った。

「バラバラ事件の犯人から来たらしいあの手紙の文字は、よく似ておりませんか？」

電話が通じると、道雄は三十分足らずで駆けつけてきた。長身の、おとなしそうな感じの若い刑事が一緒だった。

二人とも厳しい顔をしていた。これまでの経過を説明するとき、順は初めて、父親を恐ろしいと思った。道雄の仕事の顔は未知の顔、順調な人生を送っていく限りは出会うはずのない顔だった。

「父さん、今までにこの噂を聞いたことがあった？」

「いや、初耳だ」

眉間《みけん》にしわを寄せて、そっと問題の封筒を扱う。

「素手では触らなかったな？」

「ビニールの手袋をしたよ」

そこでようやく、道雄の頬の線が和《やわ》らいだ。

「いい判断だった」

ほっとした。

「すぐ知らせなくてごめんなさい。まさかこんなことになるとは思わなかったから」

慎重に、大事そうに封筒におさめると、道雄は安心させるように言った。

「わかっているよ。それにまだ、これが本部に来た手紙と関連があると決まったわけじゃない。ちょっと見は似ているがな」

「でも、その噂というのが気になりますね」

そこで初めて口を開いた若い刑事の顔を、順はまじまじと見つめた。道雄が気づいて、順の頭に手を置いた。

「この事件で父さんと一緒に動いてくれている速水刑事だ。挨拶なさい」

「はじめまして」と、速水の方が先に言った。

「友情を温めてもらいたいところだが、残念ながら時間がないな。順、もう一度きくが、この手紙のことを知っているのは――」

「後藤の慎ちゃんと、ハナさんと僕だけ」

「よし、誰にも何も言わないようにな。万が一、報道関係者がうちにくるようなことがあっても――」

「会わない、言わない、家には入れない」

「よし。この篠田さんの家にも近づくんじゃないぞ」

「わかってる」

「わたくしも注意いたします」と、ハナも同意した。「旦那さま、もしよろしければ、わたくし、しばらくこちらに泊まりましょうか？」

道雄はちょっとためらっていたが、ちらりと順を見てから答えた。

「しかし、それではご迷惑でしょう」

「いいえ。わたくしとしましては、ぼっちゃまをお一人にしておく方がずっと気がかりでございます」

僕なら大丈夫だよ、と言いかけて、順は思いとどまった。強がっていいことはない。正直言って、心細いのだ。

道雄は、軽く頭を下げてから言った。

「それでは、お言葉に甘えさせていただきましょう。有難いです」

ハナはほっとしたように順の顔を見た。

「事情がはっきりするまで、この辺のパトロールを強化してもらえるように手配しておくからな。心配がないように。何か変わったことがあったらすぐ連絡をくれ」

道雄はあわただしく出ていく。そのあとを追っていく速水に、順はそっと声をかけた。

「速水さん」

「は？」と、足をとめる。

「あの……父をよろしくお願いします」

肩越しに振り向いた速水は、目尻にしわを寄せるようにして微笑した。

「こちらこそ」

いい感じだなと、順は安心した。


夜十一時を過ぎたころ、順はとうとう辛抱が切れて、外に出てみようと思った。

バラバラ事件について、テレビではまだ、夕方のと同じ内容を繰り返している。当然だけど、と思った。この家にきた手紙のことは、しばらくは伏せておかれるだろう。道雄も言っていたとおり、事件とどこまで関係のあるものかわからないし、相手が相手だ、警察もうっかりしたことはできない。

でも、問題の家はすぐ近所にあるのだ。ちょっと様子を見に行くぐらい、どうってことないじゃない？　うちにいると受け身だから怖いけれど、行動するのは平気なんだ、と理屈をつけた。

ハナが風呂に入るのを待って、こっそり自転車を出す。ハンドルもサドルも、夜気に冷えきっている。無灯火ですべるように走り出すと、頭の上のオリオン座が追いかけてきた。

家の前の道をしばらく走り、左折すると、それからは一本道になる。小さな橋を一つ、大きな橋を一つ渡る。二番目の橋の上にさしかかると、遠く夜空の向こうに、三角屋根の細長いビルの影がそびえているのが見えた。

隅田川河口に建設中の、「大川端《おおかわばた》リバーシティ21」にある超高層マンションである。夜間はウオーターフロントの象徴のように堂々としているこの建物も、夜の闇の中では、てっぺんに光っている赤いライトのせいもあって、下町を見おろす巨大な監視塔のように見える。

(冗談抜きに、いつかは本当に監視塔みたいなものをつくって、犯罪を防がなきゃならない時代がくるかもしれないな)

ふと、そう思った。人を殺し、死体をバラバラにして捨て歩き、しかも、からかうように捨てた場所を教えてくる――この事件の冷血さが、そんな連想を呼んだのかもしれなかった。

篠田邸には明かりが灯《とも》っていた。

一階の、手前の窓だ。庭の立木のあいだを透かすようにして、光が漏れてくる。通りを一つ隔《へだ》てたところに自転車を停め、片足をついて、順はその明かりをながめた。

窓にはカーテンが下りている。人の動きは見えなかった。

あたりも静かだ。この通りは、夜になるとほとんど車がいなくなってしまう。

土手を背に、両側には人家がなく、篠田邸は孤独に見えた。順の頭の中で、その家の姿は、陰惨なバラバラ事件よりは、むしろ、あの「火炎」のモノクロの炎に似つかわしいもののように思えた。

でも――

自分の心臓の鼓動が聞こえる。ドキドキするのはなぜだろう。あそこで人が殺されたかもしれないと、あの家にこそバラバラ事件の犯人がいるのかもしれないと、僕の心臓は思っているらしい……

通りの反対側に小さな人影を認めたのは、そのときだった。

女性だ。

すらりとした影の足元に、ふわりとスカートがまつわりついている。篠田邸の塀の陰に隠れるようにして立っているその女は、柔らかそうなジャケットの襟をかきあわせて、ただじっと窓の明かりを見上げていた。

(あの家に入っていった娘さんがそれきり出てこないとか)

順のいる場所からでも、彼女の端正な横顔が見えた。きちんと束ねて肩に落としている長い髪の先が、街頭の光に白く輝いて見える。

そのとき、彼女はこちらに目を向けた。じっと見つめる順の視線に気づいたのかもしれない。

ほんの一瞬、目が合った。誰何《すいか》しあうようなひととき、順ははっと背中を伸ばした。

だが、すぐに彼女はくるりと背中を向けた。きびきびとした足取りで篠田邸から遠ざかっていく。その背中が見えなくなるまで見送って、順はようやく緊張を解いた。

誰だろう。

篠田邸に若い娘が入っていくのを見た。だが、出ていくのを見たことがない。そんな噂に、ひょっとしたら今の女性が関係あって——

突然、背後から強い手で襟首をつかまれた。

胸の奥で心臓がジャンプした。反射的にハンドルをつかみ、自転車がぐらりと傾く。

「よ、おまえもおんなじこと考えてたのかよ？」

声がして、首を締めかけていた手が離れる。

慎吾だった。順のものより大型のスポーツサイクルにまたがって、にやにや笑っている。

「オレもよ、なーんか落ち着かなくて、来ちまったんだ」と、鼻の下をこする。

順は首を後ろに倒し、大きく息をついた。

「頼むから、そばにくるときには音をたててよ」

「悪りぃ、悪りぃ。そんなに驚いたか？」

エヘヘと笑い、真顔に戻る。

「さっき、おまえの親父さんと、もう一人ひょろっとしたもやしみたいな刑事がきたんだ。オレもいろいろきかれたし、とうちゃんとちょっと話しこんでた。エライことになってきたじゃない？」

慎吾の顔にパンチをくらわす真似をしてから、きいた。

「やっぱり、ここには近づくなって言われたんだろ？」

「うん。でも、気になってよぉ」

号令でもかけられたように、二人はそろって篠田邸を見上げた。順はきいた。

「さっきの、見た？」

「何を？」

「見てないのか……」

きれいな人だったな、と思った。

「あそこに女の人が立ってたんだよ。窓を見上げてた」

「女って、よお、それヤバイんじゃねえの？」

「大丈夫だよ。その人、家の中に消えていったわけじゃないから」

ちょうどそのとき、篠田邸の明かりが消えた。舞台が暗転するのを見たようだった。

「オイ、帰ろうぜ」

にわかに弱気になった慎吾の声に促《うなが》されて、順は自転車にまたがった。両手が冷え切っていた。

「内偵を始めてみよう」

道雄が持ち帰った手紙を見、報告を聞いて、川添警部はすぐに言った。

「この手紙が犯行声明と同じ人物の手で書かれたものかどうかは、あとまわしでいい。鑑定すればすぐわかることだが、それまで待ってはいられん。実際、その噂だけでも気にならんか？」

事件の概要を書き出した黒板の前を、気短そうに行ったり来たりする。

「死体が二つだ。もう二つだ。犯人の出方によっては、まだ増えるかもしれん。手がかりはどんなものでも欲しい。とりあえず調べてみよう。あとで笑い話に終わるならそれで結構。ただし、行儀よくやってくれ。高級料亭の仲居のようにしずしずと行くんだぞ。相手は芸術家だからな。何か変わったライフスタイルとやらがあるというだけのことかもしれん」

5

内偵には、伊原刑事と彼のパートナーがあてられた。彼は道雄に言った。

「この顔ぶれのなかじゃ、俺がいちばん行儀がいいからな」

伊原は何年か前、内偵のために、銀座の高級クラブで一カ月近くもバーテンをしたことがある。伊達《だて》男なのだ。

「ヤギさんとこの順君、俺の顔を覚えているかな？」

伊原は何度か、八木沢家に来たことがある。もちろん、まだ妻の幸恵がいたころの話だ。

「覚えていると思う」

道雄は言って、微笑した。

「それに、道で親父の仕事仲間に会っても、向こうから声をかけてこないかぎり、挨拶しないで知らん顔してろ、という俺の教えもちゃんと覚えているよ」

伊原は、ぱんと道雄の肩を張った。

「いい教育方針だ」

一時間後には、二つのバラバラ死体の検死報告書があがってくるというので、刑事たちの大半は署内で待機していた。時計の針は午後十一時近くをさしている。

短い打ち合わせのあと、道雄は、会議室の椅子にもたれて、ほんのしばらく仮眠をとった。わけのわからない夢のようなものを見て、はっとして目を覚ますと、隣りにいる速水がのぞきこんでいた。

「仮眠をとると、いつもうなされるんですか？」

「いや」

首の後ろをこすると、板のように固くなっている。

「そんなにうんうんいってたか？」

「いいえ。僕しか気づかなかったと思います」

速水は手帳を広げ、何かを書き込んでいたようだった。

「熱心だな。何を書いてる？」

眉をあげて問いかけると、速水は下唇を噛んだ。

「こうして整理すると、記憶がよみがえってくることがあるんです。でも、ダメみたいだ。犯行声明と、さっきの手紙なんですよ」

「どういうことだ？」

「あの字体です。どこかで見た覚えがあるんです。この前からおぼろげに感じてはいたんですが、自信がなくて……でも今日、八木沢さん宛にきた手紙を見たら、やっぱり記憶にあるような気がしてきました」

「思い出せ」

道雄は起き直った。

「だが、根《こん》をつめて考えても無駄だ。頭の奥の方に命令して、勝手に探させるんだ。寝る前に、頭に言い聞かせる。目が覚めるまでに思い出しておくように、ってな」

「はい」速水は生真面目にうなずいた。

「それから、今後そういうことがあったら、遠慮もためらいも要らん。なんでも俺に話してくれ。なんでもだ。どんなくだらないことでもいい。はっきりしてから話そうなんて思うな。いいな?」

速水がうなずいたとき、白衣姿の鑑識調査員が入ってきた。

報告はまず、先に発見された荒川のバラバラ死体の方から始まった。

あの頭部と右手首は同一人物のもので、推定年齢十五歳から二十歳まで。血液中の白血球の染色体から判断して、性別は女性。血液型はRHプラスのB型、頭蓋骨《ずがいこつ》の形状から推察して、一般に言う「丸顔」のタイプ。遺体がそろっていない現時点で即断するのは危険ではあるが、頭骨や右手の大きさから、身長一六〇センチ前後と考えられる。

「死因は絞首による窒息死。ごくかすかではありますが、頸部《けいぶ》を一周する絞痕《こうこん》が残っており、喉の粘膜に鬱血点《うっけつてん》が見えます。細く平らな紐状のもの——ネクタイ、リボン等——を使い、首を何周かぐるぐるまきにしてから絞めたものらしく、左右の顎の下に、絞痕がだぶっている箇所が存在しました。それから——」

会議室の黒板の前に立ち、詳しい説明をしていた報告者は、ここでちょっと言いよどんだ。

「被害者の右手なんですが、縛られていたような形跡は残っていません。しかし、手のひらに、被害者本人の爪が食い込んだ痕《あと》がついています」

道雄は、隣りに座っている速水にそっと言った。

「また吐きたくなったら遠慮は要らないぞ」

速水は小さく咳払いをして答えた。

「今は大丈夫です」

「俺は胸くそ悪くなってきた」

もしも——と、道雄は胸の底で思った。

もしも、順が殺され、遺体で発見され、その遺体の手のひらに爪が食い込んだ痕が残っていたら、俺はどうするだろう。刑事であることなど忘れはしないだろうか。犯人を捕《と》らえたら、なにもかも忘れて、ただそいつが、爪が食い込むほど強く手のひらを握り締めなきゃ我慢できんほどの目にあわせてやろうと思いはしないだろうか。

なにが悪いといって、これほど悪いことはない。暗い心で、そう答えた。

俺が刑事になったばかりのころは、まだ「殺し」は「殺し」だった。被害者は一撃で倒されていた。爪が手に食い込むほどのなぶり殺しにされるようなことはなかった。

死後、約三週間。ということは、殺害されたのは十月十五日ごろということになる。しかし、彼女は殺害されてすぐにバラバラにされたものではなかった。

頸部にも右手首にも、刃物による切断面が認められない。筋肉組織や腱《けん》、骨の接続部分は、「切られた」というよりむしろ、ある程度腐敗したところを引っ張るか叩くかして「はずされた」と表現した方がいい状態であるというのである。

つまり、犯人は、被害者を殺したあと、ある一定の期間放置するか隠すかしてから、バラバラに「分解」して捨て始めたということになる。腐敗が進んでから捨てたので、水にも沈まなかったのだ。

また、川で発見されたにもかかわらず、皮膚がほとんどふやけていなかったということから、頭部も右手首も、最長でも十二時間以上は水中にあったはずがないという。この点は、「コスモ東大島」の管理人の証言と一致する。

犯人は、しばらくの間、遺体を所持していた。それにはそれだけの場所が必要だったはずだ。

閑静で落ち着いていて、あまり人の気配の感じられない家、道雄の頭に、そのイメージが浮かんできた。本部へ引き揚げてくる途中、車でゆっくりと通りすぎながらながめた篠田邸の暗い影が浮かんできた。

そこに入ったきり出てこない若い娘がいる——という噂。

ちらりと見ると、速水と目が合った。同じことを考えているのだ。

二人目の被害者——日の出自動車で発見された方も、女性だった。推定年齢十八歳から二十五歳。血液型はRHプラスのAB。絞殺。最初の女性とよく似た絞痕が残っている。

「同じネクタイで絞めたのかもしれない」

速水が独り言のようにつぶやき、うしろの方で誰かが「ネクタイ絞殺魔か」と言った。

頭部と一緒に発見された左足には、特にめぼしい特徴も外傷もないという。ただ、彼女はていねいに足のうぶ毛を脱色しており、指にはペディキュアをしていた。使われているマニキュアの色素を分析中で、メーカーを特定できるかもしれない。

そして、彼女がバラバラにされた状況も、荒川の女性と酷似しているという。腐敗が進んでから分解され、捨てられたのだ。

しかし、こちらの女性は死後一カ月以上経過している、という説明があったとき、会議室がかすかにどよめいた。

「すると、あとから発見された方が先に殺されていたことになるわけか？」

死後一カ月だとしても、十月六日には殺されていたということだ。

「同一犯であれば、そうなります。ただ、捨てられるまで、どんな場所にどういう状態で置かれていたかによって、この推定にはぶれが出てきます。そしてですね——」

間を置き、刑事たちの顔を見回すと、

「こちらの被害者の皮膚から、土の中にしか存在しないバクテリアが検出されたのです。微量ですが、土砂も付着していました。現在、その土砂とバクテリアのある地域のリストアップを進めていますが、つまり、こちらの女性は、バラバラにして捨てられるまで、どこかに埋められていたということになります」

速水が唖然《あぜん》と口をあいている。

「これは推察ですが、そうすると、最初の荒川の女性もどこかに埋められていたという可能性が出てくると思います。彼女からはバクテリアを検出することはできませんでしたが、あるいは、川を下ってくる間に皮膚から洗い流されてしまったのかもしれませんから」

「いったい、なんて野郎なんだ」うなるような伊原の声がした。

一度埋めた死体を掘り出し、バラバラにして捨て、さらに捨てた場所を教えてくる。

道雄も自問した。いったい何を考えている野郎だ？

どんなことが考えられるだろう。二人の女性を埋めた場所が、区画整理や宅地造成にひっかかって掘り返される危険性が出てきたのか？　あるいは、安全だと思って庭に埋めておいたのに、急に自宅を手放すことになったか？

だが、それなら、ただ掘り返して場所を移せばいいだけのことだ。こうまで挑発的な、露出狂的なことをする目的はなんだ？

「目的なんか、ないのかもしれません」

「ただ、面白いからそうしているのかもしれません」

知らないうちに声に出して自問していたのか、速水が小さく答えた。

「最後にひとつ、これは朗報です」と、報告者が続ける。

「これは被害者二人に共通することなのですが、二人とも、顔面、特に顎や口の部分を強く殴打《おうだ》され、歯がボロボロになっています。この傷には生活反応がありませんので、犯人が、二人を埋めるときにしたことでしょう。最近は、テレビドラマの影響などで、法歯学の存在がかなり広く知られていますから、犯人も、被害者の歯から身元がわかるかもしれないと考えたのでしょう」

「どこが朗報なんだ」

「あとから発見された女性は、上顎の前歯を三本、差し歯にしていました」

道雄は乗り出した。

「非常に精巧な高価なもので、犯人も気づかなかったものと思われます。それも、まだ新しい。入れてから半年と経過していないものです。彼女にこの差し歯をした医師は、かならず記憶しているはずですし、カルテが残っているはずです」

報告者は若かった。こんな事件に関わるのは、ひょっとしたら初めてのことなのかもしれない。彼は締めくくりにこう言った。

「どうぞ、彼女たちを見つけてやってください。そして我々に、彼女たちがここにくる原因をつくった者を捕らえる手がかりを発見させてください」

6

翌日もその翌日も、夜遅くなってからそっとハナの目を盗んで、順は篠田邸のそばまで行ってみた。

それが、道雄との約束を破ることであることはわかっている。わかってはいるが、じっとしていられなかったのだ。

とりわけ、あのバラバラ死体が二人とも女性のものだというニュースを見てからは。テレビや新聞では、検死の結果二人の被害者について判明したことを大きく報じ、彼女たちの身元について、情報の提供を呼びかけている。そして、順の頭のなかには、じっと篠田邸の窓を見上げていたあの女の、どこか思いつめたような表情がよみがえってくる。

あれは誰だろう。なんのためにあそこに立っていたんだろう。殺された二人の女性と関係があるのか？　篠田邸にまつわる噂は本当なのか？　そう思うと、ぬくぬくと家の中にいることができないのだ。

だが、その二晩の間には、あの女を見かけることはなかった。風邪をひきそうになりながら頑張ったのに。

それに、依然として、マスコミの報道では、八木沢家に来た手紙についてはひとことも触れられていない。それが、捜査本部が、あの手紙が事件と無関係だと判断したからなのか、逆に、関係があるからこそ伏せたままにしているのかが、わからない。

道雄からも連絡がない。ハナが着替えを届けに行っても留守だそうだ。

警察はじれったいと、順は思った。そりゃ慎重なのは結構だよ。わかるよ。だけど、その間にもあの家で殺されそうになっている女の人がいたらどうするんだよ。

そんなことを考えているから、昼間も落ち着かないし、夜も寝つきが悪い。夜中に起きて部屋のなかをうろうろしたりするものだから、心配したハナが、ドアの外から声をかけてきたほどだ。

そのハナも、事件のことは黙っている。ずっと泊まりこんでくれていて、戸締まりには特に気をつけているようだ。

あれ以来、差出し人不明の手紙はきていなかった。

「ハナさん、怖くない？」

きいてみると、ハナは冬物の厚い布団に衿布をかけながら、さらりと答えた。

「怖くございませんよ」

「強いね」

「ぼっちゃまこそ、夜遅くお一人で篠田様のお宅の方までいらしたりして、お強いじゃございませんか」

にこにこと笑われて、順は舌を出した。

「バレないようにしてたつもりだったのにな。知ってたの」

「はい。お父様の言いつけをお忘れになってはいけませんよ」

笑顔ではあるが、めずらしく、たしなめるような声だった。

「でもさ、どう思う。気にならない？」

「何がでございますか？」

「決まってるじゃない。事件のことさ。うちにきた手紙、関係あるのかな」

「どうでございましょうね」

「篠田さんの噂、まだ流れてるんでしょ？　今日、学校でしゃべってるのがいたよ」

あの川っぷちの家で女が……という、変わりばえのしない内容のものを、クラスの女の子たちが、キャアキャア言いながら話していたのだ。

「それにさ、あの家の近くに女の人が立っているのも見たんだよ」

「そうでございますか」と言って、ハナはぽんと布団をたたいた。

「さあ、できました。でも、このお布団はそろそろ打ち直しに出した方がよろしいようでございます。旦那さまにご相談しなくては」

(冷たい)と、順は一人でむくれた。(布団なんかにかまけてる場合じゃないのに)

三日目の、十一月九日木曜日。とうとう辛抱が切れた。

仮病をつかうことにも気はとがめなかった。ことは緊急を要するのだ。先生もあっさり許してくれた。

「君の家は、昼間はどなたもいないんだっけ？」

「はい。一人で静かに寝ていることにします」

これで、夕方までハナに知られずに行動することができる。一度に二人も早退するのでは目立つので、慎吾にも内緒だ。順は午後一時に学校を出た。

ただ家を外から見ているだけでは芸がない。中に入るには口実が必要だ。どうしようかな……と考えると、慎吾じゃないが刑事がうらやましくなった。

学生服のままの方が、相手が警戒しないかもしれない。でも、「学校はどうした？」と質問されるとまずいよなぁ。

考え考え歩いているうちに、篠田邸の見える場所まで来ていた。

めずらしく、窓が開いている。鮮やかな柄の布団が干してある。妙にほっとする眺めだった。

普通の家――なんだよなぁ。

ゆっくりと歩き回る。このあいだ若い女性が立っていたあたりに来ると、そこに勝手口があるのを見つけた。

通りに戻る。と、道の反対側に浮浪者《ふろう》が一人いて、こちらを見ている。じっと見ている。目が合ってしまった。

着ているものも顔の色も、まるでつくだ煮である。しょぼくれたふうに背中を丸め、どこかの家で回収し忘れているゴミ箱のなかをあさっている。

順はあわてて視線をそらした。目の隅から様子をうかがっていると、浮浪者はぶらぶら行ってしまった。

(やっぱり、昼ひなか学生服でうろうろしていると、目立つのかな)

着替えてきて、新聞の勧誘かなんかのふりをしてこようか——と思ったとき、後ろから襟首をむずとつかまれた。

ちぇ、またバレた。

「わかったよ、早退《はやび》きはウソだって。黙ってきて悪かったよ」

慎ちゃんてスルドイなぁと言い終えないうちに、頭のすぐ上で誰かが答えた。

「何が嘘だね?」

順の胸の奥で、心臓が一拍分休んだ。それからどっと乱れ打ちを始めた。襟首をつかんでいた手がゆるんだので、もがくようにして振り返る。

目の前に立っているのは、渋いグリーンの着物を着た老人だった。いかつい顎、黒目の大きな目。髪も眉毛も胡麻塩《ごましお》だが、顔はつやつやしている。

地面に両足をふんばるようにして立っている。下駄を履《は》いて。

このひとが篠田東吾だと、すぐわかった。好んで達磨を描く達磨東吾。

顔も達磨に似てる。

「何か用かね?」

順より頭一つ高いだけだから、小柄なお年寄りだ。だが、声は深くて大きかった。

以前、道雄がこんなことを言っていたことがある。人は言い間違えということをするが、間違えて言ってしまったことというのは、たいていの場合、言おうと思っていたことよりも真実だ。

順は嘘をつこうと思っていた。内容はともかく、なんとかして家に入る口実をつくろうと考えていた。

が、口をついて出たのはこんな言葉だった。

「あの、〈火炎〉を見たいんです」

相手の太い眉が動いた。

「あなたは篠田東吾さんですね？　僕、〈火炎〉を見たくてやってきたんです。どこに行けば見れますか？　あなたの手元にはないんですか？」

しばらくの間、老人はしげしげと順の顔を見ていた。

「わしが篠田東吾だということをどこで聞いてきた？」

「ずっと前に――」

順は決心して大嘘をついた。

「〈川のある風景〉が賞をとったとき、新聞に顔写真が出たでしょう。それを覚えてたから、この辺であなたを見かけたとき、びっくりしました。で、ここに住んでるってわかって……」

「調べたのか？」

「はい。僕、このすぐ先に住んでるんです」

と、篠田邸の門が開く気配がして、声がした。

「お父さん、どうしたの？」

門扉に片手をかけて、若い娘がこちらを見ている。順は一瞬、この前見かけたあの女性かと思った。

だが、よく見ると別人だった。この女性の髪はもっとずっと短くて、全体にやわらかくパーマをかけている。美人というよりは愛嬌《あいきよう》のある顔だ。こちらに向けられている目は、きれいなアーモンドの形をしていた。

「お父さん」と、彼女はもう一度言った。「お客様ですか？」

老人は、ちょっとぼう然としたような顔で答えた。

「この子が〈火炎〉を見たいと言っとる」

若い女性は門を出て近づいて来た。順のそばまで来ると、小学生に話しかけるようにちょっと膝を屈める。

「ね、あなた、それでわざわざ来てくれたの？」

順はしゃんと背中をのばした。

「そうです。僕、八木沢順といいます」

女性は笑顔になった。

「そう。わたし、娘の明子《あきこ》といいます。はじめまして」

そばで見ると、鼻のまわりにソバカスが散っている。可愛い。

「いいじゃない、お父さん。あがってもらいましょう」と、彼女は言った。「いつも、〈火炎〉は子供らに見てもらいたくて描いたって言ってるでしょ？」

7

ちょっと待っててね、と言われて通されたのは、玄関の脇にある陽当たりのいい洋間だった。

どうということのない、ごく普通の部屋だ。フロアソファはやわらかく、座るとすぽんと沈んでしまう。

この部屋には、絵が一枚もなかった。淡いクリーム色の壁に、同系色のカーテン。しゃれた天窓がついていて、そこから陽射しが降ってくる。これ、いいなぁと思った。

あてずっぽうも言ってみるものだ。〈火炎〉はこの家にあるのだという。

「父にとっては記念碑的な作品だから、ずっと手放せないでいるの」

ぽつりと待っているところに、明子が戻ってきた。

「さ、どうぞこちらに」

廊下に出る。磨き込まれていて、塵《ちり》ひとつない。通り過ぎるドアのノブもぴかぴかだ。篠田さんは一人暮らしだ、ということからして、例の噂は嘘だなと思った。ハナのようなプロフェッショナルならともかく、普通のお年寄りが一人で、これだけ家を清潔に保つのはたいへんだ。

「ここよ」と、明子がドアを開けてくれた部屋は、家のいちばん奥、運河に面している側にあった。

彼女のあとについて中に入る。部屋は薄暗く、足の裏に厚いカーペットの感触がした。

目の前の壁に、「火炎」があった。

息を呑《の》む、という慣用句に、真実を見つけた。

見上げる順は、昭和二十年三月十日の大空襲の中にいた。頬をあぶる炎を感じた。叫び声を聞いた。逃げ惑う足音を、それをかき消す建物の倒壊音を、飛び交うB29の爆音を聞いた。それは不吉な重低音となって、空いっぱいに広がっていた。

そして、達磨が順を見おろしている。炎の中からじっと見おろしている。

「本当はこんなものじゃなかったって、父はいつも言ってるわ」

明子がそばに来て、小さく言った。はっと我に返って、順は膝が震えているのを感じた。

「これ――どうしてこの家にあるんですか？　もっといろんな人に見せればいいのに」

「そうね。でも、父には父でいろいろと考えがあるんでしょう」

明子は微笑した。

「父としては、これを仕事場に置いておくことで、自分を駆り立てているんでしょう」

仕事場？

「じゃ、ここは篠田さんのアトリエなんですか？」

「ええ。父は、できればここで一つでも新しい作品をものにしたいと思っているのね。生まれ育った下町に戻ってくればそれができるんじゃないかって——」

言いかけて、明子は口をつぐみ、絵を見上げた。順もそうした。

二人して、そうして十五分は突っ立っていただろうか。やがて、明子が言った。

「そろそろいい？　寒いでしょう。ここは乾燥が禁物なので、あまり空調をきかせることができないの」

お茶でもどうぞと勧められて、順は素直に従った。ここに来る前に漠然と立てた計画によれば、まさに願ったりかなったりの展開である。

だが、心の中ではもう、調査など必要ないんじゃないかと思い始めていた。

噂は嘘だ。この家にはなにもない。あるのは「火炎」だけ。そして、あんな絵を描く人がなんで人殺しなどするものか——と。

すぐ隣りの和室で、東吾は待っていた。天板のどっしりとした座卓に、子供のように頰《ほお》杖《づえ》をついている。ちらりと順を見上げた目には、成績表を渡されるときの生徒のような色が浮かんでいた。

それを見ると、さらに順の気持ちがゆらいだ。この人と殺人。およそ結びつかない。

勧められた座布団をはずして畳に座り、順は頭を下げた。

「どうもありがとうございました。押しかけたのに、見せていただけて」

頬杖をついたまま、東吾はめずらしそうにちょっと乗り出した。

「君は、おじいちゃんかおばあちゃんと一緒に暮らしとるのか」

「へ？」

「それだよ、それ」と、順のはずした座布団を顎でさす。

「そんなこと、誰に教わった？　いまどきの親どもは、そんな作法は知らんだろう」

なんだ。順は笑ってしまった。

「家政婦さんに教えてもらったんです」

家にある客用の座布団を整理しているときだった。ぼっちゃま、よそさまで座布団を勧められても、ご挨拶が済むまでは敷いてはいけませんよ。礼儀でございます。

「家政婦？　すると、君の母親は職業人か？」

「いいえ。あの……いないんです」

東吾は頬杖を外した。

「それは悪いことをきいた」

「いえ、亡くなったわけじゃないんです。離婚して。僕と父と二人暮らしです」

「父親と？」

東吾はそっぽを向いて考えている。

「八木沢君といったね」

「はい」

「では、君の父親は桜田門《さくらだもん》だな？」

順がぽかんとしていると、ちょうど紅茶の盆をささげて入ってきた明子が笑っている。

「お父さんたら、いきなり『桜田門』なんて言ってもわからないわよ」

紅茶のカップを並べながら、

「警視庁は、今の場所に建て替えられる前は桜田門にあったの。だから父の世代は、警視庁やそこの警察官のことを『桜田門』て呼んだりするのよ。ごめんなさいね」

そういうことか。

「父をご存じですか」

「後藤町会長に聞いた。優秀な刑事だと言っとった」

東吾は、砂糖もミルクも入れない紅茶をがぶりと飲んだ。湯飲みのように、直接カップを持っている。

「そうすると、君は偵察にきたか。刑事の子」

順はカップに入れかけていた砂糖をこぼしてしまった。また（お父さんたら）というように明子が軽くぶつ。

順は、（アイタぁ）と思った。思ったが、それより先におかしくておかしくて、笑いだしてしまった。

「そうなんです。でも、そんな必要なんかありませんでした。それに、〈火炎〉を見たいと思っていたのは本当です」

なおも順が笑い続けるので、東吾と明子が顔を見合わせている。

「すみません。僕の友達で、やっぱり僕のことを『刑事の子』って呼ぶのがいるんです」

「町会長の息子だな」

「それも知ってるんですか？」

「才賀と一緒に行ったとき、見かけた。でっかい子だな？」

「そうです。柔道やってて」

「強そうだ」

紅茶を飲み干して、東吾はまた頬杖をつく。

「で、どうだね。私の噂は広まっとるかな」

答える前に、順はさっと明子を見た。彼女は（いいのよ、わたしも知ってるから）と、目顔でうなずいた。

「すごく広がっています。学校でもよく耳にしますから」

「そこで、君は調べにきた」

順は迷った。今の段階でどこまで話すべきだろう。

もともと、慎吾から話を聞いた段階では、順だってまともにとりあってなかったのである。今だってそうだ。問題なのは、あの手紙だけ。その質問をぶつけて、反応を見てみようか。

「気にするのは当然だと思うわ」明子が優しく言った。「わたしたちは『なんだバカな話』と思うけれど、父のことを知らない人は気味悪く思って当然よ」

「なぜこんな噂が広まったんだと思いますか？」

順の質問に、東吾はむっつりと、明子は困惑したように黙っている。

「内容はワンパターンなんですよ。若い女の人がこのうちに入っていったきり出てこない。裏庭をスコップで掘っている東吾さんを——」

順はあわてて訂正した。

「すみません。篠田さんです」

「東吾でいいよ。それが私の名前だから」

その声音は優しかった。頭をなでられたような気がした。

「若い女というのは、きっとわたしのことね」

紅茶カップの縁を指でなぞりながら、明子が言った。

「わたし、ときどきここへ来ていますから。掃除したり、食事をつくったり。特にご近所に挨拶したわけじゃないから、見慣れない女だと思われても仕方ないわ」

確かにそれもあり得ることだ。

「ただ僕、何日か前に、この家の近くに立っている若い女の人を見かけているんです。それは明子さんじゃありませんでした。心当たり、ありますか？」

明子は父親を見やった。東吾は黙って、磨かれた座卓に映る自分の顔を見つめている。

「心当たりはないねえ」と、ぽつりと答える。

「確かに、わたしじゃなかった？」

「ええ。ロングヘアでしたから」

明子は自分の短い髪に触れてみて、ふうんというようにうなずく。

「考えられるのは、お父さんのファンか――」

「逆に、よからぬことを考えている人間か、だな」

東吾の厳しい言い方に、明子は弁明するような口調になった。

「父は本当に敵が多い人なの。こういう性格ですから、思ったことをおなかにためておけないのね」

「ここが東吾さんの家であることは、あまり他人に知られないようにしてるんですよね」

東吾は苦笑した。

「そうだねえ。後藤町会長にはそのように頼んであるが、しかし、調べればすぐわかってしまうと思うよ」

だとすれば、誰かがひそかにここを訪れるという可能性はあるのだ。

「まあ、わかってみれば、案外うちとは関係のない女性だった、なんてこともあるでしょうし」明子が父親を元気づけるように言った。「根も葉もない噂のことなんか、気にしない方がいいわ」

「裏庭のスコップというのは、私も記憶があるな」

と、東吾が顎をひねる。

「植木の手入れですか？」

「いやいや、気に入らないスケッチを燃やすために、穴を掘っただけだ。庭いじりの趣味はない」

「夜中に？」

「父は気まぐれだし、せっかちなの」

明子は苦笑している。なるほど、「ゲージュツカ」というわけか。

「でも、ずいぶん冷静になられたんですね」

篠田父娘《おやこ》の顔を見回すと、順は言った。正直、ほっとしていた。

「慎ちゃんから——後藤さんとこの子ですけど——聞いたときには、東吾さん、すごく怒っていたって」

「あのときはな」東吾はまた頬杖をつく。「今はもうあきらめた。放っておけばそのうちやむだろうて」

順はまた迷い出した。これはそれほど簡単ではない。あの手紙——

それでふっきれた。

「実を言うと、僕がこちらの噂を気にし始めたのは、慎ちゃんから聞いたからじゃないんです」

手紙の件を打ち明けると、明子の顔が曇った。怯《おび》えているようにさえ見えて、順は心苦しくなった。

対照的に、東吾は案外平気そうにしている。

「それじゃあ、順ちゃんが調べにこようと思うのも無理はない」

と、笑って言う。

「その手紙が同じ人間の手で書かれたものなら、まるで告発文じゃないかね？　まず死体のある場所を教えます。それから犯人の名前を教えます、だねえ」

順は小さくなった。正直に言えば、そう思ったからこそなんとか忍び込もうとしたのだから。

「ごめんなさい。だけど、僕には東吾さんがあんなことをする犯人だなんて思えなくなりました……」

つぶやくと、東吾の目がなごんだ。

「ありがとうよ」と、老画家は優しく言った。「本当に、ありがとうよ」

しばらく、言葉の続けようがなくなった。順は頭の中を整理して、続けた。

「それに、二つの手紙が同じ人間の書いたものであるかどうかは、まだわかっていないんです」

「でも、そっくりなんでしょう？」

「ええ、似てはいます」

「偶然じゃないのかねえ」

「そんなぴったりの偶然なんてありえないわ」と、東吾。

「僕もそう思います。そうすると――」

言いにくい言葉なので、順は声をひそめた。

「誰か、東吾さんを恨んでいる人間に心当たりはないですか」

明子が目をパチパチさせた。

「恨んでいるって――」

「すみません。でもね、こんなことも考えられると思うんです」

順は説明した。このところ考えていた仮説の一つだった。

「東吾さんを恨んでいる人物がいて、迷惑な噂を流した。それだけじゃ足りなくて、ちょうど同じ時期に起こったバラバラ事件に関する疑いも東吾さんにかかるように、あの犯行声明とよく似た字体の手紙を、刑事である僕の父に送ってきた……」

「そうだな、うむ」東吾はあっさりうなずく。「嫌な話だが、私のような仕事をしていると、他人との摩擦が避けられないこともあるからな」

喧嘩東吾である。

「私を恨んでいる人間がいるかと尋ねられても、とっさには答えられん。身に覚えがないからじゃない。ありすぎて、見当もつかんというのが本音だよ」

そう言う東吾は、少し寂しそうだった。順は勇気を奮《ふる》って続けた。

「でも、もしこの仮説があたっているとしたら、大変なことになるんです。だからこそ、僕も気になっているし、警察も動いているんだと思う」

「なんだね？」

「東吾さんを人殺しよばわりしている手紙は、あの犯行声明が新聞発表される前に、僕の家に届いたんです。だから、誰にせよあれを書いた人間は、新聞を見て犯行声明の字体を真似たわけじゃない」

明子が目を見張る。順はうなずいた。

「そうなると、考えられることは三つ。まず、単なる偶然」

「私はそれだと思うがなあ」と、東吾は頭に手をやる。

「二つ目は、うちに来た手紙を書いた人間がバラバラ事件の犯人をよく知っていて、そいつが何をしているかわかっているという場合、そしてもう一つは——」

「その手紙を書いた人物が、バラバラ事件の犯人である場合、ね……」

明子の言葉に、東吾は腕組みをした。


順がそろそろ失礼しなくては、と思っているとき、門の方に車の停まる音がした。

「才賀さんだわ」と、明子が出ていく。「三時ごろ迎えに来てくれる約束なの」

東吾の秘書で、慎ちゃんの言う「ニンジャのオヤブン」である。あのときは失笑した順だったが、しばらくして才賀が部屋に入ってくると、慎吾の表現力はなかなかのものだったのだと納得した。

空手家かな、とまず思った。

背丈は東吾と同じぐらいだから、いまどきではむしろ小柄な方に入る男だ。その代わり、というかその分非常に機敏そうで、腕っぷしも強そうだ。歩き方もきびきびしている。

「お客さまですか」という丁寧《ていねい》な呼びかけが、ちょっと不釣り合いにさえ思えた。

東吾が順を紹介し、二人は挨拶を交わした。腹筋を鍛《きた》えている人の声だなと、順は思った。

「そうか……君が三丁目の刑事さんとこの子か」

「わざわざ〈火炎〉を見に来てくれたんだ」東吾がぽんと順の肩に手を置いた。

東吾と才賀、二人がさっと視線を交わすのを見て、順は、僕がここにきたもう一つの目的を、才賀さんのために繰り返して話す必要はなさそうだな、と感じた。才賀は全部察したように見えた。

その推測は当たっていた。彼はかすかに微笑しながらこう言った。

「ご苦労だったね、少年探偵団」

思わず順がハハ、と笑うと、明子もくすくす噴きだした。

「いやね、八木沢君は本当に〈火炎〉を見に来ただけよ。ね？」

「すごい絵でした」

「すごい以上だよ」

明子は帰り支度をしている。これから才賀と二人、銀座の画廊に行くのだという。

「小さいところなんだけど、父を昔から引き立ててくれているところなの。来週からそこで小作品展を開くのよ。八木沢君、よかったら見に来ない？」

いいですか、と東吾を振り向くと、老人はうなずいた。

「ぜひ見てくれ。もうこれが最後かもしれん」

明子がたしなめた。「いやなことを言わないで」

招待券を送ってもらう約束をして、才賀と明子と一緒に出ようと思っていると、東吾に呼び止められた。

「順ちゃん、ちょっとおいで」

〈火炎〉のある部屋へ引き返していく。才賀が足をとめて不審そうにこちらを見ているが、順は軽く頭を下げて東吾のあとを追った。

老画家は、〈火炎〉を見上げていた。順も並んだ。

「これは私の傑作なんだよ」と、ぽつりと言う。

「僕はまだこれしか見ていないけど、最高作のひとつなんだろうなって思います」

東吾は順を見やって微笑した。

「口のききかたを心得た子だ。だが、気をつかうことはないよ。私の傑作はこれだけだ。あとはみんなクズばかりだよ。小作品展に行ったら、それをよく見てくれ。篠田東吾という画家は、〈火炎〉一作で終わった人間だ」

その声があまりにしずんでいたので、順はしばらく言葉を失った。

「でも……『川のある風景』は？」

東吾は鼻で笑った。「あれはな、順ちゃん。モザイクみたいなもんだよ。技術だけで描いたもんだ。それが外国の連中にはめずらしい技法だったから評価されただけで、だから、国内ではみんなそっぽを向きよる。当然だ」

順は、ここへ来る前、区立の図書館で東吾の画集を探して、「川のある風景」の写真を見ていた。やはり水墨画なのだが、ところどころに効果的に朱が入れてある。川の流れの上に下町の町並みをかぶせるようにして描いてある作品で、生き物のように優雅で、ある意味では肉感的にさえ見える川と、かげろうのようにたよりなく見える家並みが不思議な世界をつくりだしていた。

それで、ふと思い出した。そういえば、「川のある風景」には達磨が描かれていない。

「東吾さん」

「うむ」

「なぜ、〈火炎〉には達磨があるんですか」

東吾はしばらく返事をしなかった。順は〈火炎〉を見つめて待っていた。

「大空襲のとき、私は一人だけ疎開せずに、本所にいてね」

「左官屋さんだったって、『近代美術』で読みました」

東吾は微笑した。

「そうそう……私はなかなかいい腕をしとったんだよ」

「なぜ、ご家族から離れて一人だけ東京に残っていたんですか」

「それより先に、なぜ召集されなかったんだという質問が出ないところは、やっぱり今の子だ」

そうなのかな、と順は東吾を見上げた。老人は百メートル先を見つめるような目をしていた。

「若いころ、私は身体が弱くてね。肋膜炎《ろくまくえん》をわずらっとったし、体格も貧弱だった。それで、徴兵検査ではねられたんだ。徴兵検査というのは、兵隊として役に立つかどうかを調べる検査だよ」

「健康診断みたいなものですか」

「まあ、そんなものだ。私には兄貴が三人おったんだけどね、私と違って健康だったから、みんな兵隊にとられとった」

「お兄さんたちは——」

「みんな死んだよ」と、低く答えた。「二人は南方で。一人はシベリアの収容所で。誰も帰ってこんかった。生き残ったのは私だけだ」

私だけだ、と、もう一度小さく繰り返す。

「一人だけ疎開しないで残っていたのは、肩身が狭かったからだよ。私らの疎開は縁故疎開と言ってね、母方の遠い親戚を頼っていったんだ。ただでさえ小さくなって暮らさなきゃならんところだ。そこへ、いくら半病人だといっても、いい若いもんの私がやっかいになるのはねえ……。『国民皆兵』という言葉を知ってるか？」

順は首をかしげた。

「国民全員が戦闘員だ、というような意味だよ。そんな時代だ。兵隊にとられなかった若い者のしょいこむ後ろめたさは大変なものだった。周りの目も冷たかったしな」

順はつぶやいてみた。

「ヒコクミン？」

「そうそう」東吾はまた微笑した。「学校で習ったか」

「父に聞きました」

「そうか」東吾はうなずいて、床に腰を下ろした。「順ちゃんも座らんか。長い話になる」

順は座って膝を抱えた。〈火炎〉の前でそんなくだけた格好をするのは、少し気がひけた。

「そんなわけで、私は本所にいた親方の家に居候《いそうろう》していたんだ。この親方はもういい年配で、やっぱり兵隊には行ってなかった。地元の消防団の団長をしとってね。熱心に消防訓練をしていたなあ」

そして、三月十日の夜――

「私はぐずぐずしていて防空壕《ぼうくうごう》に入りそこねてしまってね。表に逃げだした。結果的にはそれがよかったんだが」

ボウクウゴウ。順は「風が吹くとき」という映画を思い出した。あの中に出てきたのは核シェルターだっけ。

「防空壕に逃げ込んだ人たちは助からなかったんですか」

「あとで見てみると、中には真っ黒な灰が残っているだけだった。それで防げるようななまやさしい空襲じゃなかったんだ」

「この辺一面、焼け野原になったんだって聞きました」

「あれはもう、火事なんていうものじゃあなかったな。順ちゃん、戸板《といた》というのはわかるか？」

「雨戸とかのでしょう？　前は知らなかったけど、今の家に引っ越してきて初めて見ました。とりはずしのできるやつ。毎朝、蹴《け》っとばさないと開かないんです」

「そうそう、あれだ」

東吾は、手のひらを下にして、肘《ひじ》を床と水平にした。

「戸板がこんなふうに飛んできた。燃えながらだ。ものすごい突風だったな。大火事は大風を呼ぶんだよ。ものに火がつくのも、ただ燃え広がるんじゃなくて、時間がたつにつれて空気そのものの温度が上がってきて、なにも火の気のないところから突然ぱっと燃え上がる。人間もそうやって燃えていく。そんな火事だった」

想像してみようとして、できなかった。わずかに頭に浮かべることができたのは、以前に観たことのある「ポンペイ最後の日」という映画の場面だった。「東吾さんは、どうやって助かったんですか」

「錦糸《きんし》公園て、あるだろう」

「はい」

ＪＲの錦糸町駅の近くにある公園だ。そばにおいしいもんじゃ焼きの店があるというので、慎吾に連れていってもらったことがある。

「あそこの池に飛び込んで、頭からざぶざぶ水をかぶって一晩すごしたんだよ」

あの池——そんなに大きなものではなかった。本当にきわどいところだったんだ。

「怖かったでしょう」

東吾は大きくうなずいた。

「怖かった。あとにも先にも、あんな怖い思いをしたことはなかったな。水に潜《もぐ》るったってカッパじゃないから、そうそう潜りっぱなしでもいられん。頭を出すと、鼻がな、鼻毛が焦《こ》げそうなくらい熱いんだ。空が真っ赤で——」

喉をごくりとさせる。

「だが、よくよく見るとそれは空じゃあない。頭の上いっぱいにＢ29が飛んでいる。それがみんな真っ赤に光っているんだよ」

「でも、爆撃機って銀色でしょう」

「下界の火事の炎が照り返していたんだよ。言ってみれば、返り血を浴びていたんだ。三百三十四機のB29がな」

順はもう一度、〈火炎〉に目をやった。吠え狂う炎の向こうに飛び交う血の翼の群れ。

「どこもここも、そこらじゅうが燃えていた。私は怖くて苦しくて、何度も池を出ようとした。出たって逃げ場所なんかないんだが、もう頭がまともに働かなくなってたんだな。一人だったら、きっと焼け死んでいたろうよ」

「東吾さん、誰かと一緒だったんですか」

「近所の人と二人でいたんだ」

そう言ってから、なぜか東吾は口をつぐみ、〈火炎〉から目をそらした。しばらくして話しだしたときも、床を見つめたままだった。

「その人は、今でいうエンジニアだった。機械工学というやつだな。ひと月の大半は、武器や弾薬をつくる軍需工場で働いていた。内地では、そういう人が貴重な人材だったから、その人も奥さんと子供だけを地方に疎開させて、自分は本所に残っていたんだ」

東吾は頭を振った。

「私らは一緒に逃げて、一緒に池につかっていた。私がどうしようもなくなって池から飛び出そうとするたびに、その人が引き留めてくれた。命の恩人だ」

忘れられん、と、小さく言った。

「翌日、空襲がおさまって池から出ると、町中に死体がごろごろしていた。山になっていた。肉の焼けるにおいがたちこめていた。あれはちょうど――」

言いかけて東吾がためらったので、順は訊いた。

「なんですか？」

「ハンバーガーを焼くにおいとよく似ている。おかげで、私は未《いま》だにあれが苦手でしかたない」

しばらく沈黙したあと、順は言った。

「だから東吾さんは〈火炎〉を描いたんですね」

老画家は子供のようにこっくりした。

「自分の見たものを残しておきたいと、ずっと思っていたんだ。方法はなんでもよかった。たまたまそれが日本画だったというだけでな」

「そうかな……」

「そんなものだよ。才能なんかじゃなかった。だから見てごらん、〈火炎〉以来、私はろくな仕事をしとらんから。私は素人なんだ。ちょっとばかり執念深かったというだけの素人だよ。〈火炎〉を描いて、あとはその余韻でずるずる生きてきただけだ」

「それはなんか、すごくキビシイ言い方だと思います」

順にはそうとしか答えられなかった。東吾は立ち上がり、にっこり笑って順の頭を軽くなでた。

「さて、回り道をしたが、そこで達磨の話だ。私の描く達磨はな、順ちゃん。私たちだよ。殺されても殺されても、黙って我慢している私たちだ」

達磨の目が怒っている。それでいて泣いているのはそのせいかな――順は思った。

「殺されても、手も足も出ないからじっと見てるだけなんですか」

「そうかな。でも本当は、手足があるのに出さんのかもしれんよ」

順が立ち上がると、東吾は両手でその手を握ると、上下に振った。

「見に来てくれてありがとう。本当にありがたかった。いろいろ話したのも、うれしかったからだ」

東吾の目は温かく、言葉には気持ちがこもっているように思えた。それでいて、不思議なことに、まだ何か言い足りないことを隠しているような感じもした。

「また描いてください」

思わずそう言うと、東吾はわずかにためらった。そして、謎のようなことをぽつりと言った。

「描きたいものだ。描かせてくれたらな」

また、遠いところを見る目をしていた。

8

篠田邸を出て家まで歩いているときに、順は気がついた。

いつものようには玄関に回らず、勝手口から入る。野菜を刻んでいたハナが驚いて顔を上げた。

「おかえりなさいませ。今日はお早いですねえ」

「うん。ハナさん、お風呂わかしていい？」

「よろしゅうございますよ。お湯は新しくしてございます」

「ありがとう」と言って風呂場に行き、ガスに火をつけ、すのこをおろし、脱衣場に新しいバスタオルを出すと、勝手口に戻って待った。

すぐ、あの浮浪者がやってくるのが見えた。

「伊原さん、ここです」

声をひそめて呼ぶと、ギリギリまで知らん顔をしていて、パッと勝手口に滑《すべ》り込んできた。ハナが二度びっくりする。順は紹介した。

「父さんの仕事仲間の伊原さんです。こちらはうちの提督のハナさん」

「提督？」と言いながら、伊原は勝手口に立ったまま汚れたコートと靴を脱《ぬ》いだ。

「遠くから見ていてハラハラしてたんだが、うまくやってくれるかなとも期待してたんだ。ご苦労」

そしてニヤリとした。

「ヤギさんには、俺が君に頼んで篠田邸に行ってもらったと言ってやるよ。しかし、よく俺だとわかったね」

「最初は気づかなかったけど、歩き方でわかりました」

「見抜かれたか。さすがヤギさんの子だな。でも――」

「でも、本当なら勤務中の刑事に声をかけるのは禁物だぞ、でしょう。わかってます。でも、どうしても知りたくて。教えてください。伊原さんが内偵しているということは、犯行声明とうちにきた手紙は、同じ人物の書いたものだとわかったんですか？」

もしそうだったら――背中が寒くなった。

伊原はしばらくためらってから、ぼさぼさの頭をかきむしりながら答えた。

「いや、違う」

順は、座り込んでしまいそうになるほど、ほっとした。

「じゃ、どうして内偵を？」

「とりかかったときは、とにかく調べてみようということだったんだよ。あの家には妙な噂がたっていることでもあるしな」

「ええ、それはそうですけど……」

「そこへ、筆跡鑑定の結果があがってきた。さっきも言ったように、『しのだとうごはひとごろし』という手紙と、警察宛にきた犯行声明とは、別人の手によるものである可能性が高い。しかし、鑑定士は、その二つの手紙の字体がよく似ているのは、両者が、何か第三の共通する字体を『お手本』にして書かれたか、もしくは、片方が片方を真似て書かれたものだからではないか、と言ってるんだ」

「そんなことがわかるんでございますか？」と、ハナが質問をはさんだ。伊原はちょっと虚をつかれたような顔をしたが、うなずいた。

「ええ、わかります。私も報告書からの受け売りなんですがね」

と、軽く笑って、

「字画構成と配字、つまり文字の割り付け方ですね、そういうものはよく似ている。非常に注意深く似せてあるそうです。だから、一見したところそっくりの筆跡に見える。そのくせ、筆圧が全然違うんだそうです。大人と子供ほどに違う」

「ははあ」と、ハナは感嘆の声を上げた。順は台所の椅子にもたれた。

「そうすると、結局、うちにきたあの手紙が怪《あや》しいものであることには変わりないんですね」

「そうだなあ。とにかく、今の段階では」

東吾への疑いは晴れないのだ。

伊原が風呂をつかっているあいだに、道雄から電話があった。今夜、速水を連れて家に帰ってくるという。

「父さん、鼻がいい」

「お食事をうんとたくさん用意しなければ」

「手伝うよ」

二人は、夜八時ごろになって帰ってきた。こざっぱりと変身した伊原とは、大違いの様子である。

ハナは、「お二人ともボロ雑巾《ぞうきん》のようになってらっしゃいますねえ」とつぶやき、かいがいしく世話をやいた。ひたすら恐縮する速水と、ハナのやりとりは、ちょっと面白い見ものだった。

食事をしながら報告会を開いた。順の行動と伊原の釈明を、道雄は眉唾《まゆつば》ものだという顔で聞いていた。

「勝手なことをしたもんだ」と、怖い顔である。

「でもさ——」順は口をもぐもぐさせた。「我慢できなかったんだ。あの家の近くで謎の女も見かけちゃったし」

道雄はぎょろりと目をむいた。

「いつのことだ？」

藪蛇《やぶへび》とはこういうことを言う。結局、今日ばかりでなく、以前にも、道雄の言いつけを守らずに、篠田邸の近くをウロウロしていたことまで白状させられてしまった。

道雄は怒り、伊原は天井に響くような笑い声をあげた。

「まあまあ、いいじゃないか。おかげでわかったこともあるんだ」

「でも、好奇心は猫をも殺すというからね」と、速水が穏やかに言った。「あんまり危ないことはしない方がいいよ」

順は座りなおした。

「ちっとも危なくなかったんです。ホントに。篠田さんはいい人ですよ。あんな人が人殺しなんかするわけないもん。あの人が今度の事件に関係してるわけないです。あの手紙は誰かの陰謀ですよ」

ぼっちゃま、と、ハナにそっとたしなめられて、順は唇をとがらせた。

「謎の女か」

伊原がぽつりとつぶやいて、順を見た。

「どんな女だった？」

説明する。あの女性の記憶は鮮やかだったので、細かいところまで話すことができた。

「どう思う？」と、伊原が道雄に訊いた。二人とも、同じように眉間にしわを寄せて。

（「鏡の国のアリス」のトィードルダムとトィードルディみたいだね）と、順は思った。

道雄は腕組みをしたまま答えた。

「わからんな……それだけじゃなんとも言えん。しかし、このバラバラ事件には、女がからんでいそうな感じはしないよ」

伊原がうなずく。

「それは俺も同感だ。えげつなさすぎるからな。順君よ、残念だが、謎の女は単なる篠田東吾のファンかもしれん」

「それとも、道で誰かと待ち合わせでもしていたのか、な。今度見かけたら、追いかけていって、直接きいてみるんだな。ただし、痴漢《ちかん》と間違えられたって、父さんは知らんぞ」

そっけなく言われて、順は食事に専念しているふりをした。わざと音をたてて漬物を噛んでいると、道雄にぽんと頭を叩かれた。速水が下を向いて笑いをこらえている。

「本題に戻ろう」と、道雄は真顔になった。「内偵の結果はどうなんだ？」

伊原は苦笑した。

「怪しげな事実は何も出てこない、の一言につきるよ。例の噂の方も追いかけてはみたんだが、しゃべっている近所の連中も本気にしているわけじゃない。確かに変わりものの老人だが、それだけのことだ。それに、非常に優秀な画家らしい」

「素晴らしい画家ですよ」

順は力み、〈火炎〉がいかに迫力のある絵であるかを熱弁した。ハナもそれに耳を傾けていたが、つと座敷を出ていくと、薄いけれど重そうな本を一冊持って戻ってきた。

「こんなものを見つけたんでございますが」

篠田東吾の画集だった。

「それでも、残念ですが、これには〈火炎〉は載せられておりませんね。女性の肖像画ばかりでございます」

ぱらぱらと目を通してみると、ハナの言うとおりだった。東吾独特の墨絵で描かれた女性の肖像画が十二枚。画集の題も、「花の季節」だ。

「どこかで見たことのあるような顔が混じってるな」

道雄がつぶやくと、後ろの方の解説を読んでいた速水が言った。

「女優ですよ」

いくつか名前を読み上げる。順よりは道雄の世代のアイドルだった女優たちが多いが、名が売れていることは確かだ。

「これは企画ものなんですね。もともとは、女性向けのグラビア誌用に描いたものを一冊にまとめたんですよ。一カ月に一人、その月の花のイメージにあった女性を篠田さん自身がモデルに選んで描く、というわけです」

速水は伊原に本をまわした。軽い老眼の始まっている伊原は、「笑うなよ」と釘を刺してから、腕を伸ばして画集をながめた。

「なんだ、××もいるじゃないか」と、順も知っている若手の人気タレントの名前を挙げた。

「ホントですか？」

あわてのぞきこむと、確かにいた。速水が笑って言った。

「僕の記憶違いでなければ、彼女はその肖像画が話題になったことで人気が出てきたんですよ。国際的な画家で、いろいろ気むずかしいことで有名な篠田東吾がじきじきにモデルに選んだ女性ですからね」

奥付《おくづけ》を見ると、この画集は一昨年の秋に出版されている。××が活躍し始めたのもそのころからだから、うなずける話だ。

それでも、順は不思議だった。

「僕の会った東吾さんは、なんていうかな、こういう——俗っぽい企画ものの絵を描く画家さんじゃなかったような気がするんですけど」

伊原は画集をぽんと閉じて、「それぞれ」と言った。

「順君の言うとおりだ。画壇の問題児だしな。だが、そういう難しいセンセイの舵取《かじと》りをしながらマネージングをしているのが、あの才賀英雄《ひでお》という人でね」

「あ、そうか、才賀さんが」

道雄は渋い顔をした。

「二人だけでそう先走るなよ。こっちは白紙なんだ。まず、人物関係から説明してくれなきゃわからん。だいたい、あの家には何人の人間が住んでいるんだ?」

「定住しているのは篠田東吾氏一人だけだ」

「あの家はアトリエなんだよ」と、順。

「というより、別宅だな。篠田氏は、あの家を建てる前は鎌倉《かまくら》に一人で住んでいたんだよ。本宅は世田谷《せたがや》の成城《せいじよう》にあって、篠田夫人と一人娘の明子が住んでいる。夫人の方は病気がちで、病院を出たり入ったりしている」

「本当に娘なのか? 孫じゃなく」

道雄が順を見た。

「おまえの話だと、二十歳そこそこの娘さんのようじゃないか。篠田氏は七十すぎだろう?」

そういえばそうだ。順は首をすくめたが、伊原が代わって答えてくれた。

「今の夫人とは再婚なんだ。最初の女房とは、日本画を描き始めて一年ほどで離婚している。稼ぎもしないで日本画に入れあげている亭主に愛想づかしをして、女房の方から出て行っちまったんだな。子供もなかったし」

「今の夫人と再婚したのはいつですか?」と、速水がきいた。

の娘なんだ」

「〈火炎〉が世に出たあとだよ。それでも、だいぶもめたらしい。夫人は、篠田氏の恩師
東吾の恩師は、当時の日本画壇の重鎮と言われた人だったのだ。

「そりゃもめるさ」と、道雄は苦い顔をした。「うまくいきっこない」

そうなんだよと、伊原もちょっと顔をしかめた。

「篠田東吾って画家は、それでなくても気性が激しいことで有名らしいし、なにかとかばってくれた恩師が死んでしまうと、やっぱりギクシャクしてきたんだな。どうやら、篠田夫妻は不仲らしい。もう十年ごしで、画壇じゃ有名な話だそうだ」

「じゃ、ずっと別居してるんですか？」速水がびっくりしている。「離婚せずに、十年も別居を？」

「そういうこともあるさ」と道雄が言って、軽い沈黙を呼んだ。

「まあ、いろいろさ」

伊原は威勢よく白菜の樽漬けを口に放り込んで言った。

「世間体もあるしな。ついでだが、成城の家は、夫人が親から相続したものだ。で、篠田氏は別居して、そこに娘の明子と、秘書役の才賀英雄という男が通っているというわけだ。週に一、二度だな。ほかには、目立った人の出入りはない」

順は、明子と才賀のそれぞれの外見、受けた印象を説明した。才賀さんは「ニンジャの

オヤブン」のように見えるということもつけ加えた。

「才賀という秘書は住み込んでいるわけじゃないんだな？」

「そうではない。別に自分の事務所も構えているしな。場所は虎《とら》ノ門《もん》だ。才賀は公認会計士なんだよ」

順は驚いた。イメージ合わない、と思った。

「もとはそれが本業だったのさ。なかなか評判のいい会計士だったようだよ。篠田東吾とのつきあいは、なんかどえらい賞をもらった〈川のある風景〉からこっちのことだから、十年ぐらいになるな」

「きっかけは？」

「これが傑作でね」伊原は笑った。「そのころ才賀の事務所に勤めていた女性から聞いたんだが、篠田画伯はまったくの飛び込みの客だったそうだ。『外から見て、お宅の窓ガラスがきれいに磨いてあるのが気に入った。私の金の面倒をみてくれんか』。〈川のある風景〉のおかげで急に金が入ってくるようになって、困っていたんだろうな」

「それで、才賀は引き受けた」

「そうだ。そうこうしているうちに、よほど相性が良かったのか、篠田画伯一人で放っておいたら大変なことになると思ったのか、マネージャーめいたこともするようになって、そのうち専属、という形になっちまったんだそうだ。現在は、才賀の会計事務所の方は、彼が選んだスタッフが切り回している。そちらも順調のようだね」

黙って聞いていた順は、伊原が、東吾の周辺をまさに洗いざらい調べあげていることに、ふと恐ろしいものを感じた。

捜査とは、こういうものなのだ。

その考えは胸を突いた。道雄とその同僚の仕事には、厳然として「人を疑う」ということがついて回るのだ。今は楽しいおしゃべりの時間ではない。報告会なのだ。

あたりまえのはずのその事実に気がついたとき、ほんの一瞬だが、幸恵の（もう嫌になっちゃった）という気持ちが理解できた。

気がつくと、速水がじっとこちらを見ている。目が合うとなんでもないようなふりをして食事を始めたが、心のうちを読まれていたような気がした。

「才賀は頑丈そうな体格の男だと言ったな？」と、道雄が訊く。

「ああ。スポーツが好きで、なんでもやるらしい。入会金百万円なりのスポーツクラブの会員で、週に一度は通っているよ。それと——」

伊原はビールを一口飲んで唇を湿らせると、

「まだ学生時代のことだが、彼にはスタントマンの経験があるんだ」

思わず、順は言っていた。

「バート・レイノルズみたい」

道雄と伊原はぽかんとしたが、速水はにっこり笑った。

「『グレート・スタントマン』だね。僕も観た」

「煙突が倒れてくるとこ、スゴイですよね」

ちょっと間をおいて、伊原が「よろしいかな？」と言った。

「はい。すみません」

「いやいや。才賀はまだ子供のころに父親を亡くしていてね。戦死らしい。母一人子一人で、大学に進むにも会計士の国家試験を受けるにも、かなり経済的な苦労をしている。スタントマンのアルバイトも、時給《ペイ》がいいからやっていたことらしい」

「どれぐらいの期間だ？」

「調べた限りでは、大学時代の四年間、スタント専門のプロダクションにいた。といっても専従じゃないから、お座敷のかかったときだけ出ていたんだがね」

道雄は、聞いたことを頭の中のメモに書き留めているように、小さくうなずいている。

「才賀の家族構成は？」

「女房の昌子《まさこ》と、二十歳になる息子が一人。名前は英次《えいじ》。大学二年だ。彼も篠田画伯と親しく行き来しているようだけど、順君、会ったかい？」

「いいえ。今日あの家にいたのは、東吾さんと明子さんと才賀さんの三人です」

順はちょっとくたびれてきた。

「伊原さんにかかると、なんでもわかっちゃうんですね」

「俺だけじゃないよ。調査のプロフェッショナルはみんなそうだ。ところで、この料理もプロフェッショナルですね。うちにスカウトしたいくらいだ」

ハナはうれしそうにほほえんだ。

「ありがとうございます。でも、そちらの五目豆腐と酢の物は、順さんがつくったものでございますよ。白菜の樽漬けも、手伝ってくれました」

伊原と速水は目をむいた。順は頬が火照《ほて》るのを感じた。

「驚かないでくれよ。このごろじゃ、魚を三枚におろすんだ」

道雄が言うと、伊原は口を開けて順を見つめている。

「うちの娘に見習わせたいよ。高校三年にもなるくせに、りんごの皮もむけないし、握り飯もつくれない」

それはまた、逆の意味で凄い話だ。

「料理が好きなんだね」と、速水が順にきいた。はいとうなずくと、うれしそうに笑う。

「僕もなんだ。はずかしくて、あんまり人には話せないんだけど」

道雄が驚いている。「俺も聞いてないぞ」

「そんなことをしゃべる暇がないからさ。なあ」と、伊原。

「ちっともはずかしいことではございませんよ」と、ハナが優しく言った。「速水さんはどんなものがお得意でいらっしゃいますか」

速水は頭をかいた。

「それがその――どっちかというとデザート類が多いんです。実家では母が仕切ってますから、それぐらいしか腕だめしをさせてもらえなくて」

「へえ。ハナさんも僕も、どっちかというとお菓子類は未開拓だよね。今度教えてくださ い」

「いいとも」と、速水はにっこりした。女の子が騒ぎそうなシャイな笑顔の人だなぁと、順は思った。

「速水俊謹製のチーズケーキのレシピをあげるよ。この事件が解決したら、きっと」

「それはいい」と、道雄は言った。伊原もうなずく。そして話を戻した。

「それでだな、過去二カ月ほどの篠田画伯と才賀の行動なんだが、これと言って目立つことはないんだな。画伯はずっとあの家にいるし、才賀も仕事仕事の毎日だ。細かいところは、これから直接ご本人たちにきいてみなけりゃならんがね。それから次に、娘の明子なんだが、ボーイフレンドがいるらしい。これが画廊の関係者なんだが――」

順は「ごちそうさま」を言って席を立った。座敷を出て台所に行く。あとからハナもやってきて、そっと言った。

「大変なお仕事でございますね」

ほんとだね、と、順は心の中でつぶやいた。ほんとに、疲れるよね。

伊原は本部に報告に帰ったが、道雄は今夜は家で寝《やす》むことにしており、速水にも泊まっていくようにと勧めた。

「遠慮は要らないぞ。眠れるときにはがっちり眠っておいた方がいい」

「はい。ではお言葉に甘えることにします」

奥の六畳間でしばらく話し声がしていたが、やがて道雄のいびきが聞こえてきた。

順は二階の部屋で、試験の準備という名目で起きていた。実際はラジオを聞いていたのだが。

階下で足音がしたな、と思った。

そっと降りてみる。縁側に面した暗い部屋の窓際に、速水のひょろっとした背中が見えた。

気がつくと、後ろにハナがいた。本当に耳ざとい。速水を見、順にうなずきかける。

「何かお考えなんでございましょうね」と言って、すっといなくなった。

順はためらったあげく、声をかけることにした。

「眠れないですか」

振り向いた速水は、ぼうぼうの髪に手をやって首をすくめた。

「起こしちゃったかな」

「いいえ。いつもこの時間は起きてるんです」

手をのばしてヒーターのスイッチを入れた。

「このうち、寒いでしょう。古いからすきま風がひどいんです」

「そうかな。いい家だよ」

速水は静かに座っているだけだ。やっぱり一人にしておいてあげようと離れかけたとき、不意に言った。

「八木沢さんは、事件のことをうちで話すかい？」

「ええ。ときどき」

順は並んで腰をおろした。

「話すと、考えが整理できるんだって言います」

でもね、それが離婚の原因のひとつでもあったんですよ、と、心の中でつけくわえた。母さんは、何も聞きたくなかったんですよ。

「なんでもいいからヒントをくれっていうこともあります」

速水はほっとしたように肩を落とした。

「僕もヒントがほしいんだ」

彼が話したのは、犯行声明の字体の件だった。

「どこかで見た記憶があるんだ。だのに思い出せない。じれったいよ」

「誰かにきいてみましたか？」

「山ほどね。でも、わからない」

順は膝の上に頬杖をついた。

「ちらりと見ただけなんでしょうね」

「こんなに考えても思い出せないんだからね」

「伊原さんは、犯行声明とあの手紙は、何か手本があって書かれた文書かもしれないって……」

「そうなんだ」速水は膝を叩いた。「だからよけいに思い出したいんだよ。重要な手がかりが隠れているかもしれないだろ？」

時計が零時半を打つまで、二人でむなしいあてっこをした。

「ダメみたいだね」

順もがっくりと疲れた。頭を切り替えよう。

「速水さんと父さんは、今は何を追いかけてるんですか」

「被害者Bのために、毎日歯医者めぐりをしているところだよ」

二番目の被害者の差し歯の件である。このところ捜査本部では、便宜上、最初に荒川で発見された死後約三週間の女性を被害者A、日の出自動車で見つかった死後約一カ月の女性を被害者Bと呼んでいるという。

「今のところ、身元を探る手がかりはあれだけなんですね」

「うん。なんとしても彼女を探してやらなくちゃ。それさえわかれば道も開けると思うよ」

そう言いきってから、速水は実に正直に、自信なさそうな顔をした。

バラバラ事件の場合、被害者の身元がわかれば、犯人逮捕へと大きく前進できる。なんとなれば、被害者をバラバラにするのは身元をわかりにくくするためで、それはつまり、身元がわかれば即疑われるような人物が犯人であるからだ——これは公式のようなもので、刑事ドラマでもよく使われるセリフである。

しかし、この事件にはその公式があてはまらないのだ。

この犯人は、一度埋めた死体をわざわざ掘り返し、バラバラにして捨て歩いている。そのままにしておけば誰も気づかないかもしれない殺人を、宣伝しているのだ。

「犯人、どういう人間なんだろ。なんのためにこんなことをしてるんでしょうね」

「どう思う？　学校でもこの事件の話は出てるかな。君たちの年ごろだとどう感じるんだろう」

「それほど騒いでるわけではないけど、女の子たちは怖がってますね。殺されてるのが若い女の人だから、他人ごとじゃないって」

「そうだろうね」と、速水は暗い顔をした。

同じようなことは、ハナも言っていたことがある。

(ぼっちゃま、ハナはもう年寄りでよかったと思います)

(どうして?)

(だって、遅かれ早かれやってまいりますよ。女だというだけで、表を安心して歩くことのできない時代が。このままで行きましたならねえ……)

「やっぱり、異常者かな」

「だから死体をばらまいている?」

「うん……ほら、被害者Aは、本当はマンションの駐車場に捨てられていたんでしょう?」

「そうだよ。荒川に捨てたのは管理人だ」

「被害者Bは日の出自動車。この二カ所に、共通点はないんですか」

速水は指を折って数え上げた。

「地理的な共通点。東京の東部で二十三区内であるということ以外は、なし。近くで大きな催し物やイベントが開かれたことがあるか? なし。二つの建物の登記簿上の持ち主は? バラバラ。二カ所の近辺で最近行方不明の女性がいるか? いない。民事刑事にかかわらず最近事件が起こっているか? それもなし——」

ないないづくしだよ、と、指をぱっと広げた。

「なんにもなし、か。どっちも見つけやすい場所で、外部の人間がものを捨てることのできる場所だ、ということだけですね」

「うん。それに、どっちにしろ犯行声明で場所を教えてきてるんだから、見つけやすい場所だということで選んだとも言いきれない」

順はため息をついた。途中からあくびに変わった。

「──強《し》いて言うなら、どっちも屋根があるってことかな」

半分冗談で口にしたことだが、速水は顔を上げた。

「屋根がある?」

「そうじゃないですか? 『コスモ東大島』の駐車場って、下駄ばきのマンションの一階でしょ。日の出自動車の車にももちろん屋根があるし」

「屋根がある」と、速水はもう一度繰り返して、真顔で言った。「もし雨が降っても、遺体が雨ざらしにならないように……」

まさか、と速水に笑いかけようとしたとき、後ろで声がした。

「うるさいぞ、もう寝ないか」

台所の明かりをつけ、まぶしそうに目を細めた道雄が立っていた。

翌朝、順が起き出すころにはもう二人の刑事はいなくなっていた。

「また、警察宛の手紙がついたんだそうでございます」

ハナが教えてくれた。順は朝食が喉につかえた。
今度もまた速達で、同じ書体で、文章はたったの三行。

「がんばって　さがして　くれ
つぎの　ばしょは　たかおか　こうえん　の
よていち」

第三章　殺人愉快犯

1

「高岡公園《たかおかこうえん》の予定地」は、都内には一カ所しか存在していない。葛飾区の北東部、江戸川の河川敷《かせんしき》に現在建設中のものだ。まだ造成が終わったばかりのところで、一般には立入禁止になっているが、フェンスを乗り越えれば容易に入ることのできる場所だった。

今度はマスコミの動きも機敏だった。この種の自己顕示欲の強いタイプの犯人が、手紙を一通出しただけで沈黙するはずはないという読みがあったからである。

捜索の模様はテレビ中継され、東京じゅうの家庭や職場にある無数の受像機に、検土杖《けんどじょう》を手に歩き回る捜査員たちの姿が映し出された。ヘリコプターがぎりぎりまで下降してくるので、帽子を飛ばされる者が出るほどだった。

高岡公園は、海鳥が翼を広げた形をイメージして造られているのだそうで、鳥の胴体に当たる部分を中心に、南北に対称の形をしている。道雄は北の翼の先の部分の捜索を指揮して、整備途中の遊歩道に立っていた。肩からさげたＵＷ－10形の携帯無線機からは、南の翼と中央の池の捜索状況が入ってくる。

割りきれない、と思っていた。相手の意図も狙いも、まったく見当がつかないまま振り回されていることが腹立たしく、情けなく、誰かをつかまえて怒鳴りつけたいような気持ちだった。

捜索開始から二時間後、南の翼の盛り土の部分から、右手首から先と頭部の欠けた、一部が白骨化した女性の遺体が発見された。

そして、検死と鑑定の結果、捜査本部がそれを被害者Ａの遺体の残りの部分だと断定するのを追いかけるようにして、翌十一日の土曜日——

2

「東吾さんの家に？」

「そうだよ。死体がさ、バラバラ死体の右手が、東吾さんちの玄関先の軒下に捨てられてたんだって」

午後のことである。順はちょうど台所におり、ハナを手伝って煮物をつくっているところだった。そこへ、慎吾が息を切らして飛び込んできたのだ。

「どういうことだよ?」

「知らねえよ。ただ、東吾さんがうちに、警察が入ることになったからって電話してきたんだ」

順の手から小皿が落ち、床にぶつかって粉々になった。

「ぼっちゃま……」

ハナの顔もこわばっている。

そのとき、頭の上を遠く、ヘリコプターの爆音が通り過ぎていくのを聞いた。篠田邸の方向だ。

「行こう!」と叫んで、順は外に飛び出した。

篠田邸の周囲は、バリケードを張り巡らせたようになっていた。車、車、車である。テレビ局の中継車も来ている。近所の人たちも集まり始めており、道の反対側に張られた立入禁止のロープごしに家の方をうかがい、制服の巡査に制止されたり、お互いに顔をよせあってヒソヒソ話をしたりしている。

「スゲエ……」

慎吾は震え上がっている。

「ダメだよ。とてもじゃないけど近づけないぜ」

「東吾さんは？　どこにいる？」

人のあいだに頭をつっこむようにして、なんとかロープの方へ近づこうとした。そして、車を降りて篠田邸へと入っていく道雄の姿を見つけた。ひきつった顔をしている。

「おい、親父さんがいるぞ」慎吾が袖を引っ張る。「頼んだら入れてくれないか？」

「無理だよ」

なんとかならないかと人にもまれているとき、聞き覚えのある声を聞いた。

「すみません、どいてください。ちょっと通して！」

振り向くと、明子がいた。同じように人込みを抜けて前に出ようと頑張っている。小柄な身体は今にもつぶされそうだ。

「明子さん！」

何度か呼びかけて、やっと気がついた。彼女もうろたえていて、目が泳いでいる。

「順ちゃん！　ね、どうなってるの？　テレビで見て飛んできたの。どうしてうちに死体なんかがあるのよ」

半分泣いている。順は彼女と一緒にロープぎわまでたどりつき、そばにいた巡査に声をかけた。

「わたし、篠田の——」

娘です、と言いかけた明子を制して、順は声をひそめた。そばに腕章をつけたテレビ局の記者がいる。

「篠田東吾の家族です。入れてください」

巡査はさっと明子を観察して、ロープをあげた。明子が順の手を引いた。

「この子も家の者です。一緒に来て」

ロープをくぐって門まで走る。後ろの方でたて続けにフラッシュが閃《ひらめ》いた。

家の中もごったがえしていた。刑事たちがいる。作業着の鑑識課員たちがいる。

「お父さん！」と、呼びかける明子の声が動揺で裏がえっている。

東吾は〈火炎〉の部屋にいた。厳しい表情で床に腰をおろしていたが、明子と順を見ると立ち上がった。

「なんで来たんだね」

「なんでじゃないわ」

明子は飛びついた。東吾はその肩を抱くようにして、

「落ち着きなさい。警察に任せておけば大丈夫だよ」

「東吾さんが発見したんですか？」

東吾はうなずいた。さすがに頬から血の気が引いている。

「そうなんだ。驚いたよ。一一〇番通報するのに、手が震えてしようがなかった」

明子がその手をとって握りしめた。父娘《おやこ》はお互いにしがみつきあうようにして立っている。東吾は低く、

「明子、心配させてすまんな」と言った。

開いたドアから、鑑識課員が隣りの和室の畳を上げているのが見えた。順は目を見張って東吾を見上げた。

「ほかにもないかどうか、探してみるんだそうだ。それに、どこかに、死体を捨てに来た犯人が痕跡を残しているかもしれないからな」

「だけど……こんな騒ぎになったら……内緒で調べられないいんですか?」

父さん、なんとかできないのかよと、叫びたい気分だった。

「そうはいかんだろう。警察もずいぶん気を使ってくれたんだが——本当だよ。順ちゃん、こんなことで親父さんと喧嘩をするんじゃないぞ」

部屋の外で大きな怒鳴り声がする。才賀だった。

「注意してやってください! どうして我々がこんな扱いを受けねばならないんです!」

誰かが静かになだめている。東吾は苦笑して順の頭に手を置くと、部屋を出ていった。

順もそっと首を出した。すると、玄関の方から早足でやってきた道雄と、いきなり目が合ってしまった。道雄は仰天した。

「順! なんでおまえがここに」

東吾が穏やかにとりなした。

「息子さんは私の友達ですよ。心配はいらない。誰も邪魔はしません」

そして、今にも拳《こぶし》を振り上げそうな勢いの才賀に、きっぱりと言う。

「私の方からも協力を約束したんだ。死体を捨てに来た犯人が、どんな手がかりを残しているかわからない。とことん調べてくれとな。だからそういきりたつものじゃない」

「しかし、先生！」

「何度も言わせんでくれよ。なあ」

才賀はふうと息を吐《は》いて、唇を噛んだ。

「先生がそうおっしゃるなら」

「すまんな」

才賀は道雄を振り向き、抑えた声で言った。

「ただ、〈火炎〉だけには手を触れんでください。出入りする刑事さんたちに、気をつけてくれるよう言ってください。万が一でも傷つくことがあってはいけません」

道雄は承知した。

「お約束します」

捜索も捜査も徹底していた。

部屋ごとに畳を上げたり、床下にもぐりこんだりして調べる。物入れを開け、天井裏をさぐる。

見守るうちに、順は、ここでの捜索ぶりが、これまで死体が発見されてきた場所の捜索よりも念入りなのは、やはり、道雄宛にきた手紙の存在があるからだと気がついた。警察としては、やはりこだわらずにはいられないのだ。

（しのだとうごはひとごろし、か）

そんな馬鹿な、と思う。犯人は、いったいなんの目的であんな手紙をよこしたのだ。そして、いったいどこの誰なのだ。

才賀は怒りを飲み込んだような顔で、捜索の一部始終を見守っていた。この家を設計施工した事務所からも人が呼ばれて立ち会っている。

東吾と明子は、最初に捜索の済んだ部屋に押し込められた形になっていた。東吾は繰り返し刑事たちから話を訊かれ、朝十時ごろに、庭に出てみて、異臭の漂《ただよ》う紙袋を発見したくだりを、何度も説明した。

（前夜は気づかなかったんですね？）

（ええ、なにも）

（不審な人影は見ませんでしたか？　車はどうです？）

（どちらもありません。袋の存在に気づくまでは、なんの変わったこともなかったんです

よ）

一時間もすると、東吾も疲れた様子になったが、それ以上に明子がこたえている。順は心配になった。

「なんとか外に出て休めないかな」

「おまえ、作品展の準備で徹夜が続いているんじゃないのか？」

東吾も明子を気遣《きづか》っている。だが彼女は首を振った。

「いいのよ。ここにいるわ」

しっかりと、父親の手を握りしめている。

窓から外をうかがうと、野次馬も減っていないし、マスコミも頑張っている。人込みの中に、テレビで見覚えのあるレポーターの顔が混じっているのが、妙に非現実的な感じだった。

「この極悪非道の殺人犯人と、篠田東吾氏はなんらかのつながりがあるのでしょうか？」

力んでしゃべっている。しゃべりちらすだけで事件が解決するわけじゃないのにうるさいよと、順は心のうちで八つ当たりをした。

レポーターは続ける。

「バラバラ殺人事件捜査本部は、本部の刑事の自宅宛に届けられていた、篠田氏を告発する内容の手紙の存在を、これまで隠してきました」

順は唖然《あぜん》として口を開いた。とうとう、あの手紙の存在もバレてしまったのか。マスコミのこの騒ぎの原因は、そこにもあるのだ。

「これには、その手紙が一連の犯行声明と同一人物によって書かれたものではないからという理由がついておりますが、こうして現実に、篠田東吾氏の自宅から死体が発見されたという事態になりました以上、これは捜査本部の失態というべきものであり――」

冗談じゃない。死体の右手は、このうちの軒先で「発見された」のではなく、ここに「捨てられていた」だけなのだ。

「頭にくるなあ」

思わず声を出して言うと、東吾は手を伸ばして窓を閉め、軽く笑った。

「言いたいやつには言わせておきなさい。警察が調べれば、すぐわかることだ」

頬をふくらませて、順はうなずいた。

それにしても、東吾さん、怒らないなと思った。〈喧嘩東吾〉の異名はどこにいったのだろう。芸術論争で歯に衣《きぬ》を着せないというのと、こういうこととは別だと考えているんだろうか。

二時間、二時間半。捜索はまだ続いている。明子が本当に辛そうになってきたので、順はそっと部屋を出て道雄を探した。

奥の部屋で、携帯無線機になにかしゃべっている。ここも捜索が済んでいて、床に図面が広がっている。道雄一人だったので、通話の終わるのを待って、順はその袖を引っ張った。

父さん、と呼ぼうとして、土壇場《どたんば》でやめた。ここではやはり——

「刑事さん」

肩ごしに後ろを見て、順と気づくと眉を寄せた。

「東吾さんのお嬢さんを外に出してあげたらいけませんか。大丈夫、遠くには行きません。町会長のところにいます。うちじゃまずいでしょう?」

道雄はちょっと考えて、あたりに目をやった。

「娘さんか——よし、誰かに送らせよう」

「それじゃダメだよ。目立っちゃう。マスコミに追いかけられたらかわいそうだもの。出てもいいなら、僕に考えがあるんだけど」

なんだ? と道雄がきかないうちに、川に面した窓の外から低い口笛が聞こえてきた。

「来た」と、順は父親に笑いかけた。「お助けマンだよ」

窓を開けると慎吾の丸い顔があった。

明子と一緒に窓から出て、土手をのぼった。家のこちら側までは、マスコミも気づかないだろう。

明子はしきりに残る東吾を心配していたが、才賀さんがいるんだから、と説得した。

「それに、成城のお宅ではお母さんが心配してるでしょ？　連絡してあげないと」

慎吾は自転車を二台用意していた。明子は慎吾の自転車の荷台に乗った。

「キッチンづめになってんだろうと思ってよぉ」

「ありがとう。いい勘してる」

でも、それを言うなら雪隠《せっちん》づめだよ。

家の陰から静かに滑り出て、土手の上を走りだす。「飛ばすぞ！」と声をかけられてペダルを踏み込もうとしたとき、ふと目をやった土手下の人込みのなかに、順はあの女性の顔を見つけた。

間違いない。篠田邸を見上げていたあの横顔。長い髪。思わず両手で急ブレーキをかけた。走っていく慎吾と明子が振り返る。

「どした？」

手振りで「先に行け」と示して、順は自転車を倒し土手を駆け降りた。人込みを回りこみ、かきわけて進む。あの女。あの髪。今日は白いコートだ。

その背中に手が届いた。

「あの、すみません」

こちらを向く。目がちょっと不審に曇り、それからさっと焦点があった。あ、この人も僕を覚えてる、と思った。声を落として話しかけた。

「ずいぶん前だけど、ここで会いましたよね。僕、篠田さんの知り合いです。あなたは——」

「ごめんなさい」思いがけないほど優しい口調で、女は言った。「人違いだと思うわ」

そしてさっと背中を向けた。人込みの間を仔鹿のようにすり抜けていく。

「ちょっと、ちょっと待ってください」

彼女は振り向きもせずに行ってしまう。順は懸命に追いかけた。しばらく行くと人込みも薄くなり、また追いつくことができた。

「ねえ、待ってください。僕のこと覚えてるんでしょ？　あなた、誰なんですか？　目的はなんですか？　どうして篠田さんのあの家につきまとってるんですか？」

「つきまとう？」

彼女は突然足を止め、くるりと振り向いた。いきなり向き合うことになって、順はちょっとひるんでしまった。

「わたしはつきまとってなんかいないわ。君の見間違いよ。しつこいわね」

「だけど僕、あなたと会ったんです！」

女はイライラした様子で、片足をとんと鳴らした。順も両足をふんばって対抗した。

すると、彼女の肩から急に力が抜けた。子供相手に本気で怒っている自分に、照れくさくなったという様子だった。

「そうね、会ったかもしれないわね」と、あやすような口調になった。

「どこだったかな――マリエンバートだったかしら。去年ね。そうよね、確かに会ったらしいわ、わたしたち」

「へ？」

わけのわからない言葉に戸惑っていると、彼女はからかうように笑った。

「気がすんだでしょ？　じゃあね」

さっと駆け出す。順がぽかんとしているうちに、ちょうどそこに通りかかったタクシーを停め、乗り込むと、走り去った。一瞬ちらりと見えた横顔は、もう笑ってはいなかった。また、厳しい不安そうなものに変わっていた。

順は取り残され、仕方なしにその場を離れた。

（マリエン――マリエンバートで会ったわね、だって。なんなんだ？）

後藤家につくと、事務所のソファに座っていた慎吾と明子が迎えてくれた。町会長とその奥さんもいて、明子をさかんにいたわっている。

「どうしたの？　誰か探してたの？」と問われたが、笑ってごまかした。

篠田邸の捜索の模様は、最後までテレビ中継された。この異常な事件と犯人に、どれだけ世間が神経をとがらせているのか、よくわかる。

「東吾さんも災難だよ」後藤町会長が、大きな肩をゆすって言った。

「刑事も大変な商売だなぁ」

慎吾はしみじみと言う。

「八木沢の親父さん、不幸のカタマリみたいな顔してるぜ」

近くで警察無線が飛び交っているせいか、テレビはときどきちらちらした。それをただ、みんなでじっと観続けた。

3

篠田邸の庭に捨てられていた右手は、日の出自動車で発見された被害者Bのものだった。捜査本部では、また犯人から「やあ　みつけたね」というような反応が返ってくることを、半ば期待していた。しかし、その期待は別の形で裏切られることになった。

今度の手紙は、十三日の月曜日に届いた。同じ便箋、同じ字体、同じ分《わ》かち書きである。

「また　アウトドア　かつどうを　してみるかい」

文章は一行だけ。そのかわり、埼玉県北部の丘陵地の地図の拡大コピーが同封されており、その中の一カ所に、赤いマジックで大きなバツじるしがつけられていた。

調べてみると、それは鴻巣《こうのす》市の地図で、バツじるしに該当する場所には、地元の地主が所有している小さな丘と雑木林があった。ここもまた、外部の人間が出入りすることのできる場所だった。

捜索を開始して五時間後、枯葉に覆われた地面の下から、頭部・右手・左足の膝から下を欠いた、腐乱死体を発見した。その日の夕方には、その死体が日の出自動車で発見された被害者Bのものであるということも判明した。

これで被害者二人の遺体が揃ったことになる。だが依然として彼女たちの身元は不明のままだし、犯人に直結するめぼしい手がかりも得られない。捜査本部としては、機銃掃射さながらのマスコミの報道合戦をかいくぐりながら、辛抱強い捜査を続けていくしか方法がなかった。

「いったい、犯人の目的はなんだ?」と、刑事たち全員が自問していた。

ここまでの事実を整理してみる。

犯人は、まず、被害者Bを十月の初旬に殺害し、鴻巣市郊外の丘陵地に埋めた。中旬ごろ、被害者Aを殺害し、高岡公園の中に埋めた。そして、おそらくは十一月に入ってからその二つの遺体を掘り返し、Aの遺体からは頭部と右手首を、Bの遺体からは頭部・左足・右手を持ち去って、それぞれ「コスモ東大島」と、「日の出自動車」と、篠田東吾邸の軒先に捨てた――そして、その場所を教える手紙を警察宛に送ってきている。なんのためにそんなことをしているのだ？　そんなことをして、なんの得になるというのだ？

しかし、この間に新たに判明した事実もいくつかある。まず、被害者二人の遺体の解剖《かいぼう》の結果、彼女たちが殺害される前に性的な暴行を加えられていた形跡がある、ということがわかったのである。彼女たちの体内に残されていた体液からは、それぞれ二種類の血液型が検出された。これにより、犯人は複数――少なくとも二人以上の人物であるという線が濃くなってきた。

「これはまあ、予想はできたことだからなあ。またか、という気がするよ」

ぼやく伊原に、道雄は言った。

「誤解を招きやすい言い方かもしれないが、俺はほっとした」

伊原はじっと道雄を見つめ返した。

「ほっとした？」

「ああ。少なくともこの犯人が、ただ女を殺すのが好きで殺している人間ではないということがわかったわけだから」

伊原はゆっくりうなずいた。

「嫌な時代だ」

さらにもう一つ。被害者Aの胸部と腹部には、圧迫によって生じたと思われる鬱血が見られた。位置から見て、これは犯人が被害者の上に馬乗りになって首を絞めたときに生じたものではないか、というのである。

しかも、彼女の左の肘《ひじ》が外側にねじ曲げられた形で骨折している。これも生前の骨折だった。

「犯人は被害者を殴り、抵抗を封じた。そのときに被害者の腕が折れた――」

「相当力のある男じゃないですか」と、速水が言う。道雄は首を振った。

「二人の女性を殺したのは、同じ犯人たちだと思うか？」

「それは間違いないでしょう」

事件の報道が過熱するのに並行して、篠田東吾の名前は、毎日のようにマスコミに登場していた。

特に騒いでいるのがテレビのワイドショー番組で、取材攻勢にたまりかねた東吾は別宅を空け、中野《なかの》にある才賀の自宅に身を寄せた。成城の本宅も固く扉を閉ざしたままだ。予定されていた小作品展も延期と決まっている。

捜査本部では人員を手配して、集中的に、篠田東吾とその関係者からの事情聴取にかかっていた。道雄も伊原と二人、ほとんど毎日のように東吾や才賀と顔を合わせることになった。

東吾は辛抱強くつきあってくれた。喧嘩東吾というこの老画家の異名はもはや過去のものではないかと思うほど協力的であった。

むしろ、才賀の方が、頑《かたく》なな態度をくずさないでいる。道雄たちが、急遽隠遁《きゅうきょいんとん》生活を強いられることになってしまった東吾を気遣うと、余計なことを、と言わんばかりの顔をした。

「先生のことなら、我々がお世話をします。私の家内もおりますし、ご心配は無用ですよ」

事実、道雄たちが見る限りでも、才賀はしっかりと東吾の周囲を固め、できるだけ静かな生活を送ることができるように配慮していた。もちろん、マスコミなどいっさい寄せつけない。東吾とつきあいのある、画廊の関係者を始めとする美術業界の人間たちも、事件のことで東吾を悩まさないようにと、きっぱり申し渡されているということだった。

「鉄壁のディフェンスってやつだな」と、伊原が苦笑したほどだ。

捜査本部では、東吾の周辺を、二つの説に沿って調べていた。

一つは、東吾もしくは篠田家に関わる人間が、直接この事件に嚙んでいる、という説に基づいた捜査だ。篠田邸にまつわる不可解な噂についてのものも、これに含まれている。

東吾、篠田夫人、明子、才賀、才賀の妻の昌子、一人息子の英次、この六人について、二人の被害者の推定死亡時期前後の行動を洗い直すこと。これまでに発見されているバラバラ死体が投棄されたと思われる時間帯の、アリバイの確認。筆跡のサンプルを提供してもらい、犯行声明と比較調査すること。

そしてもう一つは、この事件が、東吾を始めとする関係者を悪意をもって巻き込むために仕組まれたものかもしれない、という説だ。事件の背後に、誰か東吾に深い恨みを抱いている人間が存在しているのではないか――

道雄と伊原も、もちろんこの二つを頭において東吾たちに対している。東吾自身も、

「私も容疑者ということなんでしょうな」と、疲れたような表情でもらしているのだった。

犯行声明やその他の手紙に使われている便箋、封筒に見覚えはないか。あの字体に心当たりはないか。事件に前後して、このあたりで不審な人間を見かけたことはないか。知り合いや親戚の若い女性で、最近行方不明になっている者はいないか、無言電話やいたずら電話はかかってこないか――

東吾の答えはすべて「否」だった。そして、

「あなたを深く恨んでいるような人物はいるでしょうか」

という質問には、それを順に尋ねられたときと同じ返事をした。

「ありすぎて、見当もつきませんな」

「それはつまり、あなたが画壇の風雲児であるからでしょう？」

道雄の言葉に、東吾はかすかに笑った。

「そうですな。異端児、他所者《よそもの》、本来そこにいるべきではない者。画壇、特に日本画というのは、新しいことをやっては認められない分野なんですよ。それに私には、いわゆる教育というやつが欠けている。小学校しか出とらんですからな。ある大学教授は、私を『ポンチ絵描き』と呼びました。墨絵で裸婦を描いて発表したときです」

「口論になりましたか？」

老画家は得意そうにうなずいた。そのときだけ、あの別宅の捜索以来初めて、東吾の顔に生気が戻ったようだった。

「あるパーティの席上で言い合いになりましてな。そいつをフルーツポンチの鉢のなかに投げ飛ばしてやりました。あのころは私もまだ五十そこそこで、元気がありましたからな」

「ポンチ評論家ですか」

「頭にパイナップルを乗っけてましたな」

けろりとして言う。道雄もつられて笑ってしまった。

「まあそんな次第で、私には敵が多いです。いろいろなところで恨まれておりますでしょうな」と、ため息をもらした。その顔に、道雄も笑いをひっこめた。

「それで住所も公開されてないわけですね」

「手紙がくれば、どうしても封を切って読みたくなるのが人情でしょう？　ろくでもないものとわかっておってもね。ですから、最初から手紙も来ない、人も訪ねて来ないようにしておるわけです」

それはそれで一つの処世術だろうと、道雄は思った。

「しかしそうなると、今度の事件が収まったとしても、また引っ越しをされることになりますね」

マスコミのおかげで、東吾のあのアトリエの場所は知れ渡ってしまった。どこでどう手にいれたのか、ワイドショー番組では間取り図まで公開している。

だが、東吾は首を振った。

「私も、それなりに思うことがあって、下町に戻ってきましたのでな。もうあそこから動くつもりはありません。警察が犯人を逮捕してくれれば、世間は私のことなど忘れるでしょうし、ほとぼりが冷めれば戻れるでしょう」

穏やかな——というよりは、淡々と、少し放心しているような様子である。道雄は気になってきた。

「身体の調子でもよくないですか」

「私がですかな」

「はい」

「そんなことはありませんよ。妙な事件に巻き込まれて、疲れているというだけです」

そして、二人の刑事に顔を向けると、思いついたように訊いた。

「今ある手がかりで、二人の娘さんを殺した犯人を逮捕できますか」

道雄はちらりと伊原と視線を合わせてから、答えた。

「最大限の努力をします」

東吾はしばらく道雄の目を見つめていたが、その視線をそらすと、独り言のように言った。

「どうですかな。近ごろの警察はポカが多い。捕まえてもすぐ逃がしてしまいよるし」

この事情聴取のあいだ、質問はもっぱら道雄がして、伊原はメモをとり静かに観察する役に回っていた。

本部に引き揚げる車の中で、一度、道雄は彼にきいてみた。篠田東吾氏をどう思う？

「食えないじいさんだな。ちくちく批判してくれるじゃないか」

伊原はにやにやしながらハンドルを握っている。

「だが、面白い人物であることには違いない」

「元気がないと思わないか？　異名にそぐわないじゃないか」

「ことが芸術に関わることじゃないからだろうよ」

だが、道雄にはそうは思えなかった。東吾という人物は、畑違いのことにでも、関わりができればひと演説ぶちそうなタイプだと思っていたのだ。

「それとも、根深い警察不信でもあるのかもしれないぜ。警察はポカが多い、ときたもんだ」

伊原の言葉に、道雄はうなずいた。

「俺もあのセリフは気になった。だが、そっちじゃない。あとの方だ。『すぐ逃がしてしまいよる』と言ったろう？　どういう意味だろう」

信号待ちで、車は停まった。この車の前後も対向車線も、さまざまなタイプの車でぎっしり埋まっている。ラッシュ時だ。それをながめながら、伊原は言った。

「俺は、最近××県警がやったポカを思い出したよ。ほら、強盗犯を車で追跡しながら、みすみす振り切られて逃げられたことがあったろう？　犯人の逃走用の車が、県警の捜査車よりずっと性能が良かったってわけでな」

大きく報道され、マスコミから袋叩きにあった事件である。

「そうかな……そうだろうな」

道雄はあいまいに答えておいた。それでも、頭の中では東吾の言葉が妙にひっかかっていた。ちょうど、ウインカーがカチカチと点滅するように。

「――だからと言って、そっちに曲がったら道に迷うかもしれんしな」

つぶやくと、伊原がこちらを見た。

「なんか言ったか？」

「いや、なんでもない。それより、あの人の絵はどう思う？」

「俺にはそんなに凄いものとも思えなかったがな。少なくとも、一枚で俺の年収以上の値段がつくほどの絵には見えない」

「それは審美眼というより、経済観念の言わせるセリフだな」

「そう。それと、やっかみだ」

伊原は言って、正直に笑った。

4

篠田夫人と明子からの事情聴取でも、特に目ぼしい情報は得られなかった。

二人とも、人に恨まれるような覚えはない、という。身近に、行方のわからなくなっている女友達もいない。

本部でも、事件の性質上、この二人の女性については、一通り調べたところで捜査の対象からはずすことを決めた。それでも、明子は心労でやつれてしまったし、病気がちの篠田夫人は、また入院した。心臓疾患ということで、この種のストレスがもっともよくないのだ。

それでも、夫人が東吾を気遣っていることを知って、道雄は、今度の事件の中で初めて、少しだけ救われたような思いがした。「不仲」で別居していようとも、やはり夫婦なのだ。残るのは才賀とその家族である。特に、才賀には何度も話をきくことになった。なんと言っても、彼は篠田東吾の生活を逐一《ちくいち》把握している人物なのだから。

東吾に関わる質問もあれば、彼自身に関係したものもある。彼は東吾に代わってすべての事務処理や金の管理をこなしており、そこにこの事件がふりかかってきたために、睡眠時間を削って奔走《ほんそう》していた。

虎ノ門にある彼の事務所や、移動する車のなかなどで刑事たちと会うとき、才賀は常に怒った顔をしていた。腹だたしげな様子を隠そうともしない。警察に怒り、マスコミに怒り、どこの誰とも知れない犯人に怒っている。

そして彼も、こんなことに巻き込まれる覚えはないと首を振るばかりだった。

「確かに先生は敵の多い方です。ですが、もしも彼らが先生に嫌がらせをするのだったら、こんな方法はとらないだろうと思います。それは断言してもいい」

そのときは、彼の事務所で話していた。才賀は独立した小部屋を持っており、磨き込まれた一枚板のウォールデスクが据えてあった。右手の壁に、東吾の描いた達磨《だるま》の絵がかけられている。

掃除は行き届いており、書棚には塵一つなく、床にも髪の毛一本落ちていない。ファイルや書類ばさみの類も、どこに何があるか一目でわかるように整理されている。

室内を見回した道雄は、そば机の上に、才賀の家族写真があるのを見つけた。

職場に家族写真を置いているビジネスマンには、以前にも出会ったことがある。外国の影響なのか、このごろ増えているのかもしれない。忙しくて家庭サービスを怠《おこた》っていることの罪滅ぼしか、それとも、「私は家族想いの人間です」という、顧客へのPRか。

才賀は腕組みし、デスクをにらんでいる。

「今度の事件は、篠田先生に恨みを抱いている人間が仕組んだことかもしれないと、みなさんおっしゃいますが——」

目を上げて道雄と伊原の顔を見回すと、かぶりを振った。

「そのために二人も人を殺すかどうか、という問題を別としても、私はその意見には同意しませんね。おかしいと思います」

「どんな点が？」

「私も篠田先生とのつきあいで、この世界のことはそれなりに知っているつもりです。画家であれ画廊の経営者であれ、美術の世界に関わっている人間は、なによりも『美』を重んじる人間たちです。殺した人間の、それも腐敗の始まっているような遺体をバラバラにして捨て回るなどという、美意識のかけらもないことは、やろうと思ってもできません」

それは新しい視点からの解釈で、道雄はふさがっていた窓が開けられたような気がした。

「犯人像としてしっくりこないということですね」

「そうです。警察は、この事件の犯人像をどういうふうに描いているんですか」

道雄が返答を考えていると、才賀は苦笑した。

「いや、お答えになれないならかまわないんですが」

「答えられないわけではなく、まだ判断がつかないというのが本音です」

「マスコミは、『殺人愉快犯』という言葉を使っていますね？」

才賀の言うとおり、その言葉をよく耳にするようになっている。

「そうですね。しかし我々としては、それにも軽々《けいけい》に賛成するわけにはいきません」

ノックの音がして、若い女子事務員がコーヒーを持って入ってきた。ドアの開けたてやカップの並べ方、おじぎのしかた、どれもきちんとしていて、よどみない。

こうした個人の事務所では、そこで使われている人間の仕事ぶりが、鏡のようにくっきりと、ボスの人となりを映し出すものだ。事務所の整然とした様子と合わせて、道雄は、才賀のきちょうめんな人柄を再認識した思いだった。

「なんとも漠然とした質問で申し訳ないんですが、東吾さんやあなたの周辺で、最近消息の聞かれなくなっている女性はいますか」

「あの二人の被害者に該当する年齢の、ということですね？」

「ええ、そうです」

才賀は考え込みながらコーヒーを飲んだ。

「なんとも申せませんね……この事務所のスタッフはずっと固定していますし、先生の周囲には若い女性などいませんし。お嬢さんの友達ぐらいじゃないですか。それも、あの別宅の方には出入りしませんよ」

伊原がちょっと声を落として、

「失礼ですが、篠田さんに愛人がいるということは？」

才賀は噴きだした。

「ご冗談でしょう。ああ、そうか、先生がずっと夫人と別居しておられるので、そんな勘ぐりを生むんでしょうな。しかし、別居したときすでに還暦を過ぎていたんですよ」

「こういうことに年齢はありませんからな」

伊原が言うと、才賀は頭をかいた。

「まあ、そうですがね。しかし、先生には愛人などいませんよ。隠し子もいません。もちろん、私にもね」

そして、下手な税金逃れの二重帳簿をつけていた経営者を見るような目で、道雄たちをながめた。

「本当は、その辺のことなどとっくに調べておられるんでしょうが」

伊原は咳払いをした。才賀は余裕の笑みを浮かべて言った。

「まあ、先生の周囲に若い女性が現われるとしたら、絵のモデルぐらいなものでしょう。もっとも、もう何年もモデルなど使ってない――」

言葉が途切れた。才賀は目を宙に据えている。道雄には、その様子が少し大袈裟にさえ思えた。

「そう、モデルです。モデル志望の女性がいました」

「いつごろの話です？」

立ち上がり、壁の予定表をめくってみて、

「はっきりと記憶してはいませんが、確か――九月の末ごろだったと思います。英次が連れてきたんですよ。一度、篠田先生に会って、それきりです。先生は使ってみてもいいとおっしゃってたんですが――先生からは何もきいていませんか？」

「ええ、何も」

「忘れておられるのかもしれない」

才賀は電話に手をのばした。

「英次をこちらに呼びましょう。あれなら、詳しくお話しできると思います」

才賀英次は母親似だった。身体つきもほっそりしているし、顔だちも優しい。ただ、セーターの袖をまくりあげたときに、褐色の腕に、腕時計の幅の白い痕が見えた。スポーツ愛好のアウトドア派であることは、父親と同じらしい。

しかし、げっそりしている。大病でも患《わずら》ったあとのようだ。セーターがだぶついているのも、デザインのせいばかりではないように思えた。

「お呼びたてして申し訳ありませんでした。授業の方には影響しませんか」

道雄の問いに、(答えていい?)という目で父親をうかがってから、小さく言った。「大丈夫です。今日は家にいましたし」

「確か、法学部でしたね?」

才賀が代わって答えた。「ええ、そうです」

「末は裁判官かな」

また才賀が答える。「いえ、弁護士になるつもりですよ。そうだな?」

英次がうつむいたままうなずく。

「それなら、私と共同で事務所をやっていけますから。これからは、弁護士も経済に明るくないとつとまりません――いや、失礼、本題に入りましょう」

英次は父親の椅子の脇に座り、二人の刑事とは正対しない位置にいた。道雄は彼の顔をのぞきこむようにして質問しなければならなかった。

英次は、確かにモデル志望の女性を東吾に紹介した、と答えた。

「一人ですか？」

「はい。相沢《あいざわ》めぐみという娘です」

「君のガールフレンド？」

「ええ、まあそうです」

「相沢さんの住所と電話番号はわかりますか？」

英次は、住所はわからないといい、電話番号だけ答えた。それを書きとって、伊原が椅子を立った。

「電話を拝借します」と、執務室を出ていく。道雄は続けた。

「どこで知り合い、どういう経緯《いきさつ》で東吾さんに紹介したんですか？」

英次はおびえたような顔で父親を見やった。背丈では才賀を追い越しているのに、まるで幼児のようだ。

「ビクビクすることはない。知っていることをお答えしなさい」と、才賀が厳しく言った。

「彼女とは、ある集まりで会ったんです」

その集まりは、「行動する婦人たちの会」という団体の主催で、九月二十四日の日曜日、都心のホールで開かれたものだった。

「パネルディスカッションと、オークションがありました。彼女はオークションのとき、舞台で手伝いをしていたんです。アルバイトで雇われたと言ってました。会場でちょっと話をして、親しくなって、そのあと何度かデートしました」

「最近は会っていませんか？」

「ええ。最後に会ってから、一カ月はたっていると思います。全然連絡してくれないし、電話にも出ないし。振られたんだと思ってました」

道雄の中で、コツンと当たるものがあった。

「その集まりの主旨は？」

英次の喉がごくりとした。答えにくそうに言葉を探している。すると、才賀が言った。

「そのとき配布されたパンフレットを、私も持っています」

「あなたが？」

「ええ」

引き出しを開け、二色刷りの薄いパンフレットを取りだした。受け取ってページを開けると、「凶悪犯罪の低年齢化を防ぎ、被害者を救済する特別立法を求めよう！」という文字が目に飛び込んできた。

道雄が目を上げると、才賀がじっと見ている。

「英次君はなぜこの集会に？」

「私が勧めて行かせたんです。東吾さんが、この集会に協力していたものですから。パンフレットの後ろを見てください」

そこには、「尊い生命をふみにじらせてはいけない」という題名の小文が寄せられていた。

執筆者は、篠田東吾。

そこへ、伊原が戻ってきた。目元がひきしまっていた。

「電話はつながらない。料金滞納で止められてるんだ。電話局の料金課にきいてみたら、集金員が催告《さいこく》に行っても、一カ月以上不在が続いているそうだ」

5

相沢めぐみは、新宿区若葉町《しんじゆくわかばちよう》のアパートで一人暮らしをしていた。彼女の部屋を捜索した刑事が、引き出しの中から歯医者の診察券を見つけた。大手町《おおてまち》にある歯科クリニックのもので、そこでは年間百件近い歯列矯正の患者を扱うという。

残されていた相沢めぐみの診療記録と、被害者Bの差し歯とは、ぴたりと一致した。十一月十八日、事件発生から十四日目のことである。

両親の遺体確認も終わり、一人の身元が割れたことで、事件は急速に動きだした。

捜査本部はまず、めぐみと同じ集会に居合わせた女性たち全員の現況確認にとりかかった。するとほどなく、当日めぐみと一緒にアルバイトで雇われていた、浮田聡子《うきたさとこ》という女性が行方不明になっていることが判明したのである。彼女と連絡がつかないので、故郷の家族も心配し始めていたところだった。

彼女の年齢、身長、体重その他身体的特徴と血液型は、被害者Aのそれと一致した。生きている彼女が最後に目撃されたのは十月十六日のことで、これも、被害者Aの推定死亡時期の範囲内におさまる。彼女も一人暮らしのフリーアルバイターで、コンパニオンをしたり、クラブで働いたりしていた。

十一月二十三日、勤労感謝の日の各紙朝刊の社会面には、バラバラ事件被害者の二女性の身元判明の見出しが躍った。そして、その報道は、さらに捜査を進展させる呼び水となった。

めぐみと聡子が婦人団体の集会で働いていたことを知ると、まず日の出自動車の経営者が城東署の本部を訪ねてきた。まだ、額に機械油をつけたまま、つなぎの作業着で駆けつけてきたのだ。

「あたしゃ、あの集会に寄付をしたんです。うちの事務の女の子が、集会があるってチラシをもらってきましてね。内容を読んでみたら、よさそうだったんで」

問題の集会では、殺人・強盗・誘拐・強姦等の凶悪犯罪については、従来の少年法を改正して、十五歳以上は成年と同じ刑事罰を適用するよう求めていた。

そして、集会の後半のオークションは、今年の春、暴走族の少年に刺殺された会社員の遺族に贈る、義援金を集めるためのものだったのである。

「おかみの決める法律をどうこうしろ、なんて難しいことはわかりませんがね。近ごろのガキは、俺たちゃまだ未成年だから大した罪にはならねえ、なんて承知して悪いことをしやがるし、殺されたサラリーマンは気の毒だしね」

「いくら寄付をしたんです？」

「五万ですよ。儲けたってどうせ税務署に持ってかれちまうんですから、えいっとやっちまったんです。集会には事務の女の子が行きました。『寄付協力者』ってことで、うちの社名と金額が会場に貼り出してあったって、得意そうに言ってたもんです」

捜査本部は色めきたった。

調べ始めると、見えない糸をたぐるように、もう一つのつながりも見えてきた。

問題の集会のパンフレットには、いくつか広告が出されていた。その中に極東《きょくとう》不動産という会社があり、そこが販売したいちばん新しいマンションが「コスモ東大島」だったのだ。

そして、国際的評価を受けている画家篠田東吾は、パンフレットのとりを飾り、人の命を簡単に奪うようなことを許してはいけないと訴えている。

　高岡公園と鴻巣市郊外の丘陵地は、二つの遺体が埋められた場所だ。バラバラ死体が意図的に捨てられた場所ではない。そして、意図的に捨てられた三カ所には、共通点があったのだ。

　あの集会が鍵だった。

　それが報道されると、まるで待っていたかのように、捜査本部宛にあの字体で綴《つづ》られた手紙が舞い込んだ。

「やっと　わかったかい　おめでたい　けいさつ
の　みなさん
おれたちは　けっして　つかまらない
あばよ」

6

「大口寄付者、広告主、そして篠田東吾は有名人。そこを狙って、集会の場にいた、しかし主義に賛同していたわけではなく、雇われてその場で働いていただけの、いわば部外者の若い女性の死体をバラバラにして捨てまわった。こうなると、犯人像というのは自ずと明らかになってくるんじゃないかね」

川添警部は、会議室に集まった刑事たちの顔を見渡しながら、口をきった。

もう何度目になるかわからない捜査会議である。

「これはつまり、見せしめの殺人と言えるものだろう。もしくは、仕返しの殺人だ。少年法の改正を求める集会を開いたり、援助したり、賛同した人たちに対するあからさまな敵対行為だろうな」

誰かにつねられたようにギュッと表情を歪め、「手紙の〝おれたち〟という言葉をうのみにするわけじゃないが、おそらく複数犯だろう。被害者の遺体の様子から判断してもな」

道雄は速水と並んで座っていた。道雄が篠田東吾関係の捜査にかかりきりになっていたあいだ、速水は便箋と封筒の流通ルートを探る班に回っていたので、顔を合わせるのは久しぶりのことだ。

「紙のにおいが身にしみついたんじゃないか」と肩を叩くと、あいかわらず気弱そうにまばたきをした。

川添警部は、本来なら意気込んでいてしかるべきなのだが、暗い顔を隠そうともしなかった。黒板の前を行きつ戻りつしながら、腰のあたりで手を組んでいる。

「問題は、犯人たちがどうやって、被害者の女性二人に接近したかだ。その接点を見つけるために、集中的に聞き込み捜査をしてくれ。誰かが彼女たちを覚えているはずだ。生きている彼女たちを、な」

所轄の刑事が一人、手を上げて発言した。

「なぜ犯人たちは、彼女たちを殺してすぐに遺体をバラまくことをせずに、一度埋め、一カ月もたってから掘り返して捨てるという手間をかけたんでしょうか」

道雄は小声で、速水に訊いた。「君はどう思う」

速水も声をひそめて答えた。

「殺人の痕跡が消えるのを待っていたんじゃないでしょうか」

久保田が立ち上がり、速水と同じ意味のことを言って、続けた。

「彼らは、被害者と一緒にいる場面を誰かに見られる危険があるような状態でしか、被害者と接触できなかったのではないでしょうか。通り魔的に誰でもよかったわけではなく、集会にいた女性を狙うということであれば、それは仕方のないことです」

「うむ」

「そうなると、殺してすぐに死体をバラまき、身元が割れたのでは、誰かが被害者と一緒にいた彼らの顔や特徴を記憶している可能性が高くなります。それは危険だ。しかし、一カ月も待てば、目撃者の記憶も薄れていきます。もともと気をつけて見ているわけではないですから、正確な証言を提供できる目撃者は非常に数少なくなってきます」

「遺体の顔を傷つけたのは？」

「やはり、遺体をバラまいて発見させてから、身元が割れるまでの時間を稼ぐためではないでしょうか」

道雄はまた低く速水に訊いた。

「同意見か？」

「はい。久保田さんの言うとおりだと思います。目撃者の記憶は薄れやすいものでしょう。殺人事件の捜査本部が、事件発生後五十日を経過すると縮小されるのも、それほど日にちが経過してしまうと、もう多人数を動員しての聞き込み捜査に効果が期待できなくなるからだと聞いています」

「合格だな。よく考えた」

「私もそう思う」と、川添警部が答えている。「それだけに、今後の捜査は非常に困難だ」

今度は速水が道雄に質問した。極端に声をひそめて、

「八木沢さんは、違う意見があるんですか？」

「いや、そういうわけじゃない」

「でも――」

「ただ、この説をとると、犯人の頭があまりにも良くなりすぎるような気がするだけだ

よ」

問題の集会に出席した人たちを中心としての目撃者探しと、二人の女性の行動を逐一調べ上げることを方針と決めて、会議は終了した。道雄は席を立ち、川添警部に近づいた。

「申し訳ありませんが、私は別の方に回していただけませんか」

警部は眉を上げた。

「どういう方面だね」

「被害者、特に相沢めぐみと、篠田東吾、才賀英次のつながりをもう少し突っ込んで調べてみたいのです。どちらにしろ、それは相沢めぐみの行動をチェックすることにつながりますし。それに、私の自宅に届けられた手紙については、まだ解答が出ていません」

ほんの一瞬まを置いただけで、警部は許可した。

「誰を連れていくね？」

「僕が行きます」と、道雄のうしろで速水が答えた。

7

事件が大きく急進展し、東吾も姿を隠してしまったので、順はすることがなくなっていた。

もちろん、頭からはそのことが離れない。新聞もニュースもくまなく見ているし、気にしてはいる。八木沢道雄宛にきた手紙のことも知れ渡ってしまったので――報道では、名前は「Y捜査員」としてあったが、「同じ町に住んでいる」となれば、地元の住人にはわかってしまう――しばらくのあいだはクラスメートや近所の人たちがうるさかった。

それに、雰囲気が悪くなった。道雄が刑事だと知ることができるのは地元の人間だけだ、という事実があるので、町の中に、「まさか」と「もしかして」が混在している。風の強い日に電話線がうなるように、絶えず、その不快なささやきが流れていた。

変わらないのはハナだけだ。毎日にこにこと働き、二日に一度、道雄に着替《きが》えを届けに行く。

事件を知って彼女の家族が盛んに心配するし、それも当然だと思うので、

「僕なら大丈夫だから、もう泊まり込みはやめてよ」と頼んでみたのだが、聞いてくれない。

「そうはまいりません。もしものときに、わたくしのような者でも、いるといないとでは大きな差がございますからね」

結局ハナの家族が折れてくれたのだが、毎晩一度、「おばあちゃんいますか」という電話が入るようになった。

「お孫さんでしょ」

「はい。小学生でございます」

「可愛いね。僕も兄弟がほしかったな」

十一月も終わりにさしかかり、風が冷たくなってきた。日曜日に二人で、すきま風を防ぐため、窓に目張りをした。

二階の自分の部屋の窓にとりかかっているとき、ハナが階下から呼んだ。

「ぼっちゃま、お客さまでございますよ」

降りていくと、木枯らしの中でコートの襟を立て、幸恵が待っていた。


幸恵が手製のマドレーヌを持ってきてくれたので、熱いコーヒーをいれると、ハナは気をきかせて買い物に出かけて行った。

「もっと早く来たかったんだけど」

カップを掌《て》で包むようにして、幸恵は言った。

毎月の一日が面会日である。いつも外で会う。それを待たずにこのうちまでやってきたのは、事件のことがあるからだろう。

「元気にしてた？」

「うん」

「いい家ね」と、座敷の中を見回す。

幸恵は少し、痩《や》せたようだった。以前は肩まであった髪をショートカットに変えている。旦那さんの趣味かな、と思って、順は自分が嫌になった。

名前を知っている。大原義男《おおはらよしお》先生だ。たとえ心の中でも、「旦那さん」なんて言い方をすることはない。

「どうかしたの？」

「なんでもない」と、笑ってみせた。「母さんと大原先生はどう？　赤ちゃん、いっぱい産まれてる？」

幸恵の再婚した大原義男は産婦人科の開業医である。都下の街で、ベッドが四十ある病院を経営している。幸恵とは、高校の同窓生だった。

幸恵はほほえんだ。

「たくさん産まれてるわ。みんな元気な赤ちゃんよ。あんたみたいに」

沈黙が流れた。

幸恵や大原と会うとき、順はいつも言葉に困る。

怒っているからでも、恨んでいるからでもない。少なくとも、今では。

むしろ、「ごめんなさい」と思う。二人とも、順を引き取りたがっていたからだ。同時に二カ所にいることができたら、どんなにいいだろうと思う。

「新聞で、事件のこと、読んだわ。この家に犯人から手紙がきたんですってね」

「うちだって、わかった？」

「わかるわよ。町の名前で。母さん、死ぬかと思った」

順は意識して明るく笑った。

「あれ、犯人が書いたと決まったわけじゃないんだよ。パトロールだってしてもらってるし、ハナさんもいるし」

「ハナさんて、あの家政婦さん？」

「うん。いい人なんだ」

幸恵は目を伏せた。

「母さんより、ずっとよくあんたの面倒を見てくれてるんでしょうね」

そんなひがんだような言い方をしないでよ……と、順は心でつぶやいた。返事のしようのない質問をしないでよ。

一生懸命に考えて、順は言った。

「ハナさんがね、言ってた。離れて暮らしてたってお母さまはお母さまですよ、って」

頬杖《ほおづえ》をついて笑いかけると、幸恵はじっと見返してきた。

「誰かを母さんと比べるなんて、ナンセンスじゃない？」

幸恵はほっとため息をつく。

「実はね、迎えにきたの」

「僕を？」

「ええ。この事件が片づくまで、うちにいらっしゃい。お父さん、どうせ家に帰ってこないんでしょう？」

さあ、困った。

これも返事がむずかしいのだ。順としては、自分も関わった事件だから、最後までそばで見届けたい。が、それをどう言っても、幸恵はまともには受け取ってくれないだろう。

きっとこう言う。あんた、やっぱり母さんを許してくれてないのね。もうそばに来てくれないのね。母さんはただあんたが心配なだけなのに、もうその気持ちは通じないのね。

また懸命に考えた。が、遅かった。

「母さんとはもう暮らしたくない？」

もう、声が震えている。

「あのね、母さん――」

「どんなに放っておかれても、父さんの方がいい？　あんたを裏切らないから」

「そんなんじゃないんだってば」

「母さんだって一生懸命やってるのよ」

順は思い切って言った。「母さん、僕、この事件の捜査に加わってる」

幸恵は険《けわ》しい顔をした。

「嘘おっしゃい」

「ホントだよ。篠田東吾さんて人とも友達なんだ。だからここにいたいんだよ。本当にそれだけ。そうでなかったら、怖いとか辛いとか思ったら、すぐに母さんのとこに行くって」

幸恵は黙ってしまった。静かな家の中に、外で吹いている木枯らしの音が忍び込んでくる。

「約束する？」

「絶対」

だが、幸恵がその言葉を本当に信じてくれたかどうか、心もとなかった。

ハナはかなり時間がたってから帰ってきて、何もきかなかった。しゃべり出したのは順の方からだった。

「父さんと母さんがいつごろからおかしくなっちゃったのか、僕は知らないんだ」

夕食の後で、テレビがついていた。ハナはリモコンでそのスイッチを切った。

「誰に聞いてもはっきり教えてくれないし。おかしいと思わない？　僕だって当事者なんだからさ」

ハナは微笑した。

「大人は、できるだけ子供に心配をかけないようにしようと思うものでございますよ」

「だけど子供は心配するんだ。バカじゃないんだからさ。言わなきゃわからないってもんじゃないもん」

「そうでございますよね。でも、大人はなかなかそうは思えないものでございますよ」

きれいになっている食卓の上を、ハナはなんとなく拭いている。そうやって言葉を探しているようだった。

「お母さまは、旦那さまのお仕事に疲れたんでございましょうか。神経をすりへらすし、ご家族をかえりみることの難しいお仕事でございますからね」

ちょっとためらったが、順は思い切って打ち明けた。

「母さんね、僕を抱いて死のうとしたことがあるんだ」

道雄が捜査課に配属されたばかりのころだ。順は五歳だった。

「なんかすごくご馳走食べて、なんでも買ってくれて、遊園地で一日遊んでね。夜になってもうちに帰ろうとしないんだ。公園だったかな……そこでずっと座ってて、お巡りさんに見つかって、うちまで送ってもらったことがあったんだ。僕は、そのころはなんだかわからなかったけど、離婚が決まったときに、母さんから聞かされて、わかったんだ。心中しようとしてたんだって」

しんとしてしまった。

しゃべるんじゃなかった……と、順が後悔し始めたとき、ハナは妙なことを質問してきた。

「ぼっちゃま。ぼっちゃまはなぜ、わたくしがこんな時代がかった言葉づかいをするとお思いになりますか？」

それは、いつも不思議に思っていたことだった。

「前に勤めていたところが、言葉づかいにうるさかったの？」

ハナはにっこりした。

「はい、それもございます。たいそういかめしいところでございました。華族さまでね。わたくしは十三歳のときにそこにご奉公にあがりまして」

「そんな小さいときに？」

まだ子供じゃないか。

「はい。時代がそういう時代だったんでございますよ。わたくしの育ったような家では、小学校を出たらみんな働くものと決まっておりました」

ハナはそこで五年働き、十八のときに見合い結婚をした。が、夫はまもなく召集されて、戦死する。

「ハナさんの旦那さんも戦争で死んだの……」

学校の日本史の教科書の中の第二次世界大戦は、大化《たいか》の改新《かいしん》と同じように遠い歴史的事実に過ぎない。だが、個人個人にとっての戦争は、まだ呼べば届くところにあるのだ。

「夫が死んで、まもなく終戦でした。わたくしは子供を抱えて一人で生きていかなくてはなりませんでね。幸い、世の中の復興はもう驚くほど早かったものですから、わたくしはまた家政婦の仕事に戻ったんでございます。今度の奉公先は、戦争成金——戦争でたいそうお金を儲けたお宅でございました。そこでもわたくしは、こんな言葉づかいをしなければなりませんでした。気持ちのいいものではございませんでしたよ」

ふっと笑って——

「そうではございますが、ねえ、ぼっちゃま。わたくし、一緒に奉公していた年上の家政婦に、教えられたんでございますよ。あたしたちのこの言葉、この態度は武器なんだ、とね」

「武器？」

「はい。世渡りの為の武器でございます。わたくしは、この言葉を使うことで武装しておりました。本当のわたくしが、言葉で武装することで家政婦になるんでございます。そう考えると、わたくし、ずっと楽になりました」

ゆっくりと、その言葉の意味をかみしめてみた。

「でもね、ハナさん」

「はい？」

「そしたら、今も武装してるの？　うちにいるときのハナさんはホントのハナさんじゃないの？」

それは悲しい、と思った。だが、ハナはにこにこして首を振った。

「いいえ、今は違います。今はただの習い性《せい》でございますね。五十年も続けているうちに、身についてしまいました」

ぼっちゃま――と、ハナは身を乗り出した。

「わたくしが申し上げたかったのは、人は誰でも武装するものだ、ということでございます。ただ、何で武装するかは、その人によって違います。鎧《よろい》を着る人もいれば、鉄砲を持つ人もいます。空手を習う方もいるでしょう。そして、どう武装しているかによって、歩く場所も違ってまいります」

ハナの声は優しかった。

「旦那さまは、頑丈な鎧兜《かぶと》に身を固めておられます。ですから、野越え山越えずんずん進んで好きな道を進んでいらっしゃれます。でも奥様は――ぼっちゃまのお母さまは、小さな守り刀くらいしか身につけていらっしゃらないのでしょう。ハナはそう思います。ですから、旦那さまについていらっしゃりたくても、断念しなければならないときが来てしまったのではありますまいか。そしてそれは、旦那さまがお悪いのでも、奥様に非があるのでもございません。もちろんぼっちゃまのせいでもございません。こういうことを、

『ご縁がなかった』と申すのでございますよ。悲しいけれど、ときには避けて通れないことでございます」

心の中で、固い疑問がすっと溶けていくような気がした。

「母さんは、大原先生と結婚して、歩きやすい道を見つけられたかな?」

「わたくしはそう思います。産婦人科のお医者さまでしょう。命をはぐくむお仕事でございます」

たくさんの赤ちゃんたち。

「それに、考えてみれば、旦那さまは命を守るお仕事をしておいでです。形は違いますが、心は同じでございましょ? 旦那さまと奥様は、武装を解けば同じ心をお持ちなんでございますよ。ただ、あわなかっただけでございます。時間はかかっても、いつかはきっとわかっていただけますよ」

その晩、順はしばらく眠れなかった。ハナの言葉を心の中で繰り返していた。ようやく眠りについたとき、ほんの少し、泣いていた。両親の離婚以来、初めてのことだった。

そして、重い兜をかぶる夢を見た。

8

翌日。

少しばかり寝不足で、順は授業に身が入らなかった。放課後、慎吾からノートを借りた。

「コピーして、夜返しに行くよ」

家から歩いて五分ほどのところにコンビニエンス・ストアがある。コピーは一枚九円だ。自動ドアを踏んで店内に入る。コピー機はあいていた。「使います」と、店員に声をかけて、カバーをあげる。

そこに、紙が一枚残されていた。

おやおやと思った。ときどきいるのである。コピーをとって原本を忘れていく人が。紙をとってひっくり返す。大きな文字が目に飛び込んできた。

その場に凍りついた。

あの字体だった。犯行声明の、「しのだ　とうご　は　ひとごろし」の。

文面は簡単だった。

「この文書を見た人は、十日以内に、十カ所のレンタル・コピー機にこのコピーを残してください。そうしないと不幸が訪れます」

チェーンレターだ。順は表に走り出た。

所轄署には、運よく道雄も速水もいてくれた。ろれつがまわらなくなっている順の説明を聞き取ると、二人の顔色も変わった。

「思い出したよ……そうそう、これだ。これですよ」と、速水はコピー用紙を食いつくようにに見つめている。

ようやく息をととのえて、順は勧められた椅子に腰をおろした。ほかの刑事たちも集まってくる。速水は息をはずませて言った。

「僕の友達に、塾の教師をしている男がいてね。彼に見せてもらったことがあるんだよ。近ごろ、子供たちがこんなことをやってるんだぜって。それで見覚えがあったんだ」

「チェーンレターというのはなんだね？」

冷水器から水をくんできて、順に渡してくれながら川添警部がきいた。

「一番いい例は、不幸の手紙です。葉書や手紙で――」

「同じものを十三人に送れ、というやつか。うちの子供も騒いでいたことがある」

道雄は首をひねっている。「しかし、これは手紙じゃないな」

Ａ４の用紙が一枚きりである。速水が説明した。

「これは、『ゼロックス・ロア』というものだそうなんです。郵便の代わりにコピー機を媒介して伝わっていくんです。元はアメリカで始まったもので、ちょっとしたジョークやつくり話を書いて残しておくんですが、それが今、東京近辺の小学生や中学生のあいだでは不幸の手紙の形で広がっているそうなんです」

「そうすると、犯人たちはそれを手本にした？」

「だと思います」

自分の持ち前の筆跡を隠して文字を書くというのは、頭で考えるほどやさしいことではない。どこかで必ずボロが出てしまうものだ。犯人はそれを恐れ、手本を見てそれを写すことにしたのではないか。

「頭のいいやつだな」

「これ、手がかりになりますね？」順はきいた。「ちょっとでも犯人たちに近づくことができるかもしれない」

「少なくとも、コンビニエンス・ストアに出入りする人間だという可能性は認められるな」

そんな雲をつかむようなもんじゃなくてさ——

「やはり、若者ですね」

端の方にいた刑事が口をはさんだ。

「こういうものを利用することを考えつくのは、若い頭ですよ」

警部は速水に目を向けた。

「このイタズラめいた遊びは、相当広く流行しているものなのかね？」

「さあ……僕もその友達から聞いただけなので、正確なところはよくわからないんです。でも、少なくともマスコミがキャッチできるほど広がっているものなら、あの犯行声明が届いた時点で騒ぎだしそうなものですから――」

順は首を振った。

「マスコミは遅いもの」

「え？」

「マスコミはいっつも遅いんですよ、こういうことをつかむのが」

川添警部が興味深そうに乗りだし、道雄が順の頭に手を置いた。順は続けた。

「いっつもそうですよ。サザエさん一家全員死亡のときだって、ドラえもんの最終回の噂のときだって、人面犬の騒ぎだって、テレビなんかでやいやい言い始めるときは、僕たちもうみんな飽き飽きし始めたころだったものね」

「翻訳してくれ」と、警部が速水を見る。

「全部、流行の噂話のことですよ。それは本題とは関係ないからお忘れください」

速水はあっさり答え、目を輝かせて順を見た。

「順君、君の周りではどうだい？　このゼロックス・ロアは流行《はや》ってるか？」

順はニンマリした。

「いつ訊いてくれるかと思ってました」

「流行ってるんだね？」

「僕も現物を見たのは今日が初めてだけど、話に聞いたことはあります。同級生たちに訊いてまわれば、やったことのある子を探すのはそんなにむずかしいことじゃないと思います。現に、これだって僕たちの縄張りの範囲内にあるコンビニエンス・ストアで発見したんですから」

順はぐるりの刑事たちの顔を見上げた。

「それをうまく調べられれば、うち宛に手紙を届けてきた人間にたどりつけるかもしれないとは思いませんか？　だって、その人間も、うちの父が刑事であると知ることができるくらい、僕たちの近くにいるヤツなんですから。ね、父さん、いいでしょう？」

順の頭ごしに、警部と道雄と速水が顔を見合わせた。

9

そのころ――
伊原は久保田と二人、新宿の人込みの中を、駅に向かって歩いていた。集会を主催した団体の幹部である、ある会社社長夫人に会い、集会当日の模様を聞き込んできた帰り道である。

社長夫人は、気負いこんでまくしたてた割りには、捜査の足しになるような事実は提供してくれなかった。当日は目の回るような忙しさで、アルバイトの女の子のことなどかまっていられなかったのだろう。

「あれは、『許せませんわ』型の女だな」

肩を回して凝りをほぐしながら、伊原は言った。

「少年法のことに入れこんでいるのも、今現在は『許せませんわ』と思う対象が、ほかに見つからないからだよ。賭けてもいいぞ。あれで亭主に浮気でもされてみろ。市民運動のことなんか、ケロリと忘れちまうから」

久保田はさすがに疲れた様子で、足どりが重い。

「僕も、社会参加しようとする女性は好きですけど、ああいうタイプは苦手ですね。なんというか、趣味でやっているという気がする」

「欲求不満だな。一種の目立ちたがり屋だ。妙なもんでね、本当に目的をもって活動しようとしている集団には、必ずああいうのが入ってて、どういうわけか偉く見られたりするもんだ——おい、見てみろよ」

伊原は足をとめ、両手をポケットに入れたまま、顎の先で右の方を示した。

薄暗い裏通りのビルの前に、色とりどりの服装をした若者たちがたむろしている。この場に道雄がいれば、彼らはみんな、日の出自動車で会った「バカ息子」のようないでたちをしている、と言ったことだろう。まだ十代の半ばくらいの少女たちも、驚くほど濃い化粧をして、下着と見まがうようなドレスから、白い肌をのぞかせている。

同年代の娘をもっている伊原には、そのビルの看板を見上げるまでもなく、彼らがみな、ライブハウスの開演を待つ観客なのだとわかった。

「自己主張の時代さ」

伊原はぼそりと言った。

「うちの娘もやってるよ。最初はびっくりさせられたもんだ。だが、あれは健全なもんだよ。問題は、ああいう形で発散できないもんを抱えている連中だ」

古めかしいガーターベルトのようなものを身につけた少女が、煙草をふかしている。

「この事件の犯人も、異常なやり方で自己主張をしてきたわけだ。たぶん、殺人を殺人とも思ってないんだろうな」

「そういう人間が増えてますよ」

久保田は言って、大きなくしゃみをした。伊原は彼をせっついて歩きだした。あんな衣装、見ているこっちが風邪をひきそうだ。

「連中にしてみれば、安全な距離から阿呆ぞろいの警察と文通することも、格好の自己満足の方法だったんだろうな。それを捕まえるこっちは、徒手空拳《としゅくうけん》で、靴底をすり減らして歩き回るしか手がないときてる」

「伊原さん、大丈夫ですか？」

久保田は心配そうにのぞきこんでいる。伊原は目を閉じ、額をさすった。

「すまん」

そう言って、軽く久保田の肩を叩いた。

「今夜はこのまま帰れよ。報告は俺がする。このところ、まるで家に帰ってないだろう？」

久保田の自宅は高円寺《こうえんじ》にある。おまけに、第七班の最年少刑事である彼は、新婚三カ月だった。

「俺といると、今夜はグチを聞かされるぞ。婦人団体の幹部のお話を拝聴したあとは、うちに帰っておまえさんの夫人に優しくしてもらえよ」

「伊原さんはどうします？」

「一本電話をかけて、それから署に戻るよ。さあ、人が優しいことを言ってるときはきいとくもんだ」

久保田と別れたあと、伊原はしばらく考えてから、きびすを返して駅から離れた。

ここから、相沢めぐみの暮らしていた若葉町のアパートまで、そんなに遠くない。行ってみよう、と思っていた。

彼女の遺体はすでに親元に引き取られているが、犯人が逮捕されるまで、正式な葬式はあげないという。アパートの部屋もそのままになっている。

行き詰まりや疲労を感じたときには、被害者のことを考え、それで自分を奮い立たせる――というのが伊原のやり方だった。八木沢道雄も同じことをするタイプで、だから気があうのかもしれない。

だが、その熱心さが災《わざわ》いして、道雄は妻に去られた。二人の離婚が決まったとき、伊原は他人ごとではないと感じたものだ。

道雄のことを思ったとき、彼があえて捜査の本筋から離れた方へ進んでいるのが、気になってきた。

ヤギさん、なにか確かなあてでもあるのだろうか。それとも単なる勘なのか。

アパートは、「さつき荘」という。見るたびにめぐみがかわいそうになるような、まずしい建物だった。コンクリートむきだしの廊下に水が流れ出している。ネズミのにおいがする。

ただ、ここからは新宿副都心の高層ビル群をのぞむことができた。冬の気配のする澄んだ夜気の向こうに、非現実的なほど美しく輝いている。

相沢めぐみは、ここでどんな夢を見ていたのだろう。汚れたアパートと、富と繁栄の象徴のようなあのビルとのあいだを隔《へだ》てているものは、単に距離だけではないと知っていただろうか――と、伊原は考えた。

めぐみの部屋は二階の西側だった。

伊原は暗がりのなかで三十分ほどぼうっとした。ここから新しい発見があるはずはないのだが、壁のカレンダーの十二月二十九日の日付の下に、丸い文字で、「帰省」と書かれているのを見たとき、あらためて胸が痛んだ。

部屋を出るときは、少し気力が戻ってきていた。

外階段を降り、細い路地まで出たとき、近所の主婦が二人、立ち話をしているのが聞こえてきた。

「――たぶん刑事さんだと思うのよ」という一言に、耳を澄ました。

「泣いてたの。窓を見上げてね」

「そりゃあねえ」

「『この仇《かたき》は必ずとってやる、許してくれ』って。何度も何度も言ってたわよ」

「男泣きね。警察も責任重いもんねえ」

伊原は彼女たちに近づいていった。会釈して警察手帳を見せながら、丁寧に話しかけた。

「失礼ですが、その者の顔は見ましたか」

二人の主婦はちょっと譲り合い、やがて年かさの方が答えた。

「顔は見ませんでしたけど、おたくさんと同じぐらいの年配の人でしたよ」

「服装は背広で？」

「ええ。黒っぽいので」

本部の誰だろう——と、伊原は考えた。

「一人でしたか？」

「ええ、一人きり」

「何か特徴はありませんでしたか。白髪とか、髭とか」

主婦は噴きだした。

「ちらっと見ただけですから」

「ははあ」

「でも、頑丈そうな体格の方でしたよ。おたくみたいに」

第七班の刑事たちなら全員そうだ。

二人の主婦は訝《いぶか》しげな顔をしている。伊原は笑顔をつくって礼を述べた。

駅に戻る道々、しかし誰だろう、誰が来たんだろうと思っていた。

この仇は必ずとってやる——

涙ながらにそんなことを言ったのは誰だろう？

第四章　にわか刑事

1

開口一番、慎吾は言った。

「ほんまもんの刑事だぜ！」

順が、チェーンレターをやっていそうな生徒を探し出すのを手伝ってくれと頼んだときの反応である。

「ホントかよ？　本当に警察から頼まれたのかよ？」

「誓ってホント、嘘じゃない」

そして、実際に調査——捜査にとりかかってみると、慎吾は実に有能な「刑事」だった。聞き上手なのである。それとなく水を向けるだけで、相手を警戒させることなく話をさせてしまう。これはやっぱり「後藤木材」の四代目、生粋《きっすい》の商売人の血のなせるわざであると、順は痛感した。

(ただ、やたらに刑事の隠語を使うのにはまいってしまった。英語のリーダーの時間に、『I CAME HOME』を『俺はヤサへ帰った』と訳して叱られたのも慎吾である)

　もう一つ、聞き込みが地味で根気の要るものであることもよくわかった。

「うちの父さんってすっごくエライのかもしれないと、突然思った」と、ハナに告白してしまったくらいである。それを聞くと、ハナは顔いっぱいに笑って言った。

「旦那さまはお幸せなお父さまでございます」

　まず、チェーンレターをやったことがある、見たことがあるという生徒をリスト・アップする。ついで、その一人一人について、順の父親が刑事であると知る機会があったかどうかを調べていく。

　毎日毎日、同じことの繰り返しだ。「シロ」とわかった名前はラインマーカーで消して、次の名前にとりかかる。捜査の合間には授業も受けなければならないし、部活動もさぼれない。時間があっという間に過ぎていく。

「刑事になると、早く老《ふ》ける」とは、慎吾のセリフである。

　その間、捜査本部も二人と同じ根仕事を続けていた。例の集会以後の、相沢めぐみと浮田聡子の行動を調べ、二人がどこかで目撃されていないかどうか、地道に聞き込んでいくという、こちらも気の遠くなるような仕事である。

　これまでのところ、これという収穫はない。捜査本部宛にかかってくる情報提供の電話も、役に立つものは少なかった。

　それでも、「方角は間違ってない。距離が遠いだけだ」と思って、一つ一つ調べ上げていくしかないのである。

　捜査がそういう地味な進展をしているためか、このごろではマスコミも騒がなくなった。新聞にも載らない。実際、もう少し辛抱強く取り上げて情報提供を呼びかけてくれてもいいのに、と思うほどだ。

　犯人たちからの犯行声明も、今はぴたりと途絶えている。

　ただ、そのおかげで、東吾の周辺は落ち着きを取り戻していた。あれほどうるさくつきまとっていたテレビのレポーターも姿を消している。この分ならもう大丈夫だろう――と、十二月の第一日曜日に、あの川っぷちの家に戻ってきた。

　順と慎吾も、その日はちょっと捜査を休んで、掃除の手伝いをしにいった。明子も来ていて、久しぶりに顔を見せてくれた。

　東吾は、もうどこにも逃げ隠れしない、という。

「せっかく腰を落ち着けて仕事をしようと、ここに家を建てたんだからな」

「でも東吾さん。マスコミはともかく、犯人たちがひょっとしたら何かしてくるんじゃないかって、不安じゃありませんか」

なによりそれが気になったので、順はきいてみた。もちろん、東吾を始め、あの婦人団体の幹部や、犯人たちに死体の捨て場所として選ばれた会社や人の周辺には、万一を考えて、警察が張り込んではいる。それでも、気味が悪くはないかなと思った。

「大丈夫だよ」と、東吾は順の心配を一蹴《いっしゅう》した。「怖がることなぞ、なにもない」

明子はやはり不安そうだった。

「でも、父がどうしても戻るというし。言い出したらきかない人だから」

「前から不思議に思ってたんですけど、東吾さん、どうしてわざわざこの町にアトリエを建てたんですか？　もっと静かなところがいくらでもあるのに」

明子は言葉を探すように、唇に指をあてて考えた。

「そうね……ここがルーツだからかな」

「ルーツ？」

「ええ。この下町に戻ってくれば、父の中で眠っているなにかが目を覚まして、また描けるようになるんじゃないかって、そう思っていたみたいよ」

「東吾さん、あんまり調子よくないんですか」

「もうずっと駄目だって、満足のいく仕事ができない、描けない描けないって、本人は言ってるわ。だからこの町に戻って、昔、毎日汗水流して働きながら、ただ絵を描きたくて、描かずにいられなくて描いていたころの気持ちを思い出してみたいんですって」

そのときふと、順は思った。東吾という雅号は、「東にある吾《われ》」という意味かもしれないな。

掃除が一段落したところで、順と慎吾は篠田邸の面々に、二人で今やっていることを説明した。

「うまくいけば、うちにあんな手紙を書いてきたヤツを発見できます」

朗報でしょ、という顔で報告したのだが、東吾も才賀も、あまりぱっとした表情を返してはくれなかった。

「順ちゃん、そんなことに関わって大丈夫なのかね」

「大丈夫ですよ。ちゃんと川添警部から依頼されてやってることなんですから」

「そ。いくら警察でも、学校内の聞き込みはできないからよ」

意気込む二人に、東吾は黙っているだけだった。とりなすように笑って、才賀が言った。

「まあ、時間のかかることだろうから、根気をなくさないようにな」

順も慎吾も、そのつもりだった。何日でも頑張るぞ。

片づけが終わったあとで、順はもう一度〈火炎〉を見せてもらうことにした。慎吾も一緒についてきた。

二人並んで声もなく鑑賞したあと、慎吾が不意に絵に背を向けた。

「どうしたの？」

返事もせず、体操するように身体を二つに折って、足のあいだから顔を出す。つまり、天《あま》の橋立《はしだて》を見る要領で、〈火炎〉を逆さまに鑑賞しているのだ。

「なにやってんの？」

「とうちゃんの言いつけなんだ」

頭を下にしているので、慎吾の声はくぐもっていた。

「前によ、なんかの美術展に行ったとき、人が大勢たかって感心してながめてる絵があったんだってよ。こんなに集まるんだからすごい絵なんだろうと思って、親父も一緒になってながめてたら、係員がきて、『すみません』なんて言って、その絵をクルッと逆さにしたんだって。『申し訳ありません、手違いで、逆さまに展示しておりました』。それがあってから、とうちゃんはオレに言うんだ。『教訓。美術品というやつは、一度は必ず逆さまにして見ろ』」

順は噴きだした。「それ、きっと抽象画だったんだよ」

「あれ」と、慎吾が妙な声を出した。

「今度はなんだよ」

「才賀さんがいる」

順は入り口の方を振り返ったが、慎吾はせっかちに、

「違うって、絵の中だよ。絵の中に才賀さんの似顔絵が隠れてる」

まさか、と思ったが、慎吾は「絶対だよ、見てみろよ」と頑張る。〈火炎〉にお尻を向けるのは気が進まなかったが、順はやむなく慎吾の真似をしてみた。

すると、本当に才賀の顔があった。

あの、炎の中の歪んだ達磨《だるま》の顔が、逆さまに見ると才賀の顔によく似て見えるのだ。ちょうど、騙《だま》し絵のように。

「ヘンなの」と、慎吾は起きあがった。「なんかの冗談か？」

「そうとは思えないな。だって——」

東吾と才賀が出会ったのは、〈火炎〉よりずっと後の作品である〈川のある風景〉が世に出てからのことだ。〈火炎〉の中に、まだ会ってもいない人物の似顔絵を描けるはずがない。

「訊いてみようか」

そこへ、廊下で足音がして、明子がひょいと顔を出した。

「おなか、すいたでしょう。サンドイッチをつくったから、どうぞ召し上がれ」

「はい、いただきます」

明子が行ってしまってから、順は慎吾にそっと言った。

「慎ちゃん、このこと、ちょっと内緒にしとこう」

「いいよ。でも、なんでだよ」

なぜそう思ったのか、順は自分でもうまく説明できなかった。ただ、この絵に込められている東吾の想いを考えると、あっけらかんと大声で質問していいことばかりではないような、そんな気がしたのだ。

慎吾には、笑ってこう言っておいた。

「だってさ、〈火炎〉の前で逆立ちしてみました、あっはっはなんて言ったら、東吾さん気を悪くするかもしれないじゃない？」

2

十二月も半ばになって、ようやく、順と慎吾はチェーンレターの「容疑者」を一人にしぼるところまで行きついた。

彼の名は大木《おおき》毅《つよし》。回り回ってたどりついてみれば、彼は慎吾の家から目と鼻の先のマンションに住んでいるのである。例の、東吾と才賀と後藤吾郎の怒鳴りあいも、当然耳に入る距離だった。

隣りのクラスの生徒で、成績は慎吾と同じぐらい。身長は順とおっつかっつ。だが、彼のひと月分の読書量には、順と慎吾二人の一年分を合計してもまだ追いつけない。

必然的に、彼は度の強い眼鏡をかけている。そして、その乏しい交友関係の輪の中に、順も慎吾も含まれていなかった。

「どうアプローチする？」と、順。

「実力行使しかねえんじゃありませんか」と、慎吾。

「でもさ、令状もないんだし、ここはおとなしくいこうよ。靴を脱いで、手にぶらさげてね」

「そうだな。その方が、いざというときはその靴でぶん殴ってやれるしよ」

(これはキケンである)と判断した順は、すぐ城東署の本部に連絡をとった。

折り悪しく、道雄も速水も不在で、川添警部が電話に出た。そして、

「私が直接会って、話を聞こう。場所はどこにするね？」と言う。

(ホームビデオの撮影をスティーブン・スピルバーグに頼むみたいな感じだ)と思いつつ、順は駅の近くのマクドナルドを指定した。

土曜日の放課後である。

「今度の現国の読書感想レポートでさ、俺、発表の番が回ってきちゃったんだ。野田《のだ》先生キビシイからさ、いい点もらうのムズカシイじゃん？　そしたらさ、大木君なら前に満点もらったことがあるから、どんな本をとりあげたらいいのか教えてもらえよって、佐伯《さえき》に言われたんだ」

佐伯というのは、毅の貴重なお友達の一人である。その名前と、「ビッグマックおごるからさ」というセリフが効いて、毅を引っ張り出すことに成功した。

店に入ると、打ち合わせどおり、川添警部と、かちんかちんに緊張した慎吾が、窓際の席で待機している。順は奥のボックス席に陣取り、毅から、

「胸にぐっとくる話が好きな野田先生には、やっぱり『高瀬舟』で攻めるべきだ」というアドバイスをいただいてから、おもむろに切り出した。

「ところで、ゼロックスを使ったチェーンレター、やったことあるだろ？」

毅はシェイクのストローをくわえたまま、静止した。

「でさ、それと同じ字体で手紙を書いて、僕んちの郵便受けに入れたこともあるだろ？」

毅の小さな喉仏《のどぼとけ》がごくりとした。順はにっこりした。

「脅《おど》かしてごめんよ。でも、大事なことなんだ。大木君に迷惑のかかることでもない。むしろ、助けてほしいんだ」

「助ける……？」

順がうなずいたのを合図に、警部と慎吾が立ち上がってこちらにやってきた。

毅は強情を張るタイプではなかった。黙秘権も行使しなかった。

「あの家の噂話、すごく広がってただろ？　どうなるかな、と思ってたんだ。そしたら、

後藤君ちで騒ぎがあって、あの家に住んでる人が怒鳴り込んできたんだってわかって――」

彼は眼鏡をはずして話をした。眼鏡がないと急に目が小さくなり、しょぼしょぼして、泣き出しそうに見えた。

「あの家の人、『しのだとうご』っていうんだなって、あの怒鳴りあいを聞いて初めて知ったんだよ」

「それと、うちの親父が刑事だってこともね」と、順。

「うん、そうだよ。よく聞こえたから。騒音だったよ、はっきり言って」

慎吾は苦いものを噛んだような顔をしている。毅は彼の顔をちらりと見、目が合うと急いでうつむいた。

「で、翌日塾に行って、そのことをみんなに話したんです」

「塾？　学校じゃなくて？」

「はい。英明《えいめい》です」

警部がこちらに目を向けたので、順は、駅の近くに「英明進学塾」というのがあるのだと説明をした。

「すっごくレベルの高いところなんです」と、毅が言わずもがなのことをつけ加えて慎吾ににらまれた。

「なるほど。で、塾で？」

「そしたら、友達のなかに篠田東吾ってエライ画家だって知ってるやつがいて、ちょっと騒ぎになって……」

毅は言いにくそうに口をつぐんだ。警部が優しく、「それで？」とうながす。「へえって思って……そんな有名人か、じゃ、もうちょっとイタズラしてみようかなって」

順はため息をついた。警部が言った。

「それで、刑事である八木沢君のお父さん宛に手紙を書いてみる気になった……というわけか」

ヒマ人、と慎吾が吐き捨て、毅は小さくなった。

「でもそれだけだったんだよ。ほんのイタズラのつもりだったんだ。だから、あの字体がバラバラ事件の犯行声明文のとそっくりだと知ったとき、僕、死ぬほどびっくりしたんだよ。ホントだよ。だから、あれからは手紙なんか一つも書いてないだろ？」

訴えるような顔で、順に言う。警部が重々しいバリトンで訊いた。

「チェーンレターの字体を真似ることは、君が思いついたことかね？」

「そうです。やっぱり、自分の字で書くのは怖かったし。最初は、新聞の活字を切り抜いて貼りつけようと思ったんですけど、それって結構面倒くさくて」

「本当にあれ一通しか書かなかった？」

「絶対、本当です」

「つまり、バラバラ事件関連の手紙と、君が八木沢さんの家に書いた手紙とはまったく無関係だ――そういうことだね？」

毅は急いでうなずいた。

「八木沢さんに手紙を書いたことを、誰かに話したかね？」

毅はかぶりを振る。

「ホントかよお？」

慎吾が顔をしかめてのりだすと、毅はびくりとした。順はあわてて、テーブルの下の慎吾の足を蹴った。

「まったく君一人で、誰にも話さず、見せずにやったことなんだね？　一緒に騒いでいた塾の友達にも言わなかったんだね？　よく考えて、思い出してから答えてくれないかな」

だが、毅はすぐに答えた。

「僕一人でやったことです。こんなこと、誰かにしゃべっちゃったらスリルないもん」

「そうかな？」

「決まってますよ。誰も知らない、でも僕だけは知っているっていうのがいいんだ」

今度は順が制止する間もなく、慎吾がテーブルごしに毅につかみかかった。

「おめえよ、やったことの意味を考えたことあんのかよ？　え？　なにがスリルだってんだよ」

「慎ちゃん！　ちょっと落ち着いてよ」

順と警部と二人がかりでなだめ、慎吾はやっと席に戻った。気にいんねえんだよこういうのはよ、などとすごみながら。毅は臆病《おくびょう》な亀のように首をひっこめ、上目づかいにこちらを観察していたが、やがて、小さく言った。

「僕がやったことに、赤の他人の後藤君がとやかく言う権利はない――」

彼がみなまで言いきらないうちに、慎吾が今度は本気で殴りかかった。

「暴力をふるうならなにもしゃべらないぞ！」

「うるせえんだよ、おめえみたいな根性の腐ったヤツは――」

順は必死で慎吾を外に引っ張り出した。ガラス扉の外まで出たところで、

「なんだよありゃ！」

「わかった！　お腹立ちはわかる！」

両手を広げて扉の前に立ちふさがった。

「わかったけど、ここは任せてよ。ね？」

ね、いいね？　と手で制しながら席に戻ると、毅は澄ました顔をしている。すっかり落ち着いて、もう首をすくめてもいない。

（怖いのは慎ちゃんだけってわけか）と思うと、面白くはない。

川添警部が苦笑しながら質問した。

「誰にも迷惑はかけていないと思うかね？」

「そりゃ、八木沢君にはちょっと悪かったと思うけど、僕の手紙とバラバラ事件の手紙はなんの関係もないんだから、それなのにこんなふうに警察に調べられなきゃならないんだから、はっきり言って、僕だってちょっとは被害者です」

警部は「ははぁ」と言い、目をぱちぱちさせた。

「まあ、驚かせてしまったからねえ。それは申し訳ないと思っているよ」

「それならいいです」と、毅はシェイクを飲んでいる。順はエイリアンを見ているような気がしてきた。

「手紙を書いたとき、名字はともかく、うちの親父の名前までどうやって調べたの？」

「生徒名簿の保護者欄に書いてあるじゃないか」

毅は小馬鹿にしたように言う。

「八木沢君のお父さんが手紙を受け取ったら、篠田さんの家を調べ始めるかもしれないと思ったかね？」

まさかぁ、と、毅は噴きだした。

「そんなことあるわけないじゃない。さっきも言ったでしょ、ただ、面白いことになると思っただけです」

「じゃ、あの家にまつわる噂を本気で信じていたわけじゃないんだよね？」

「当然です。だって、もともとあの噂を始めたのも僕――」

しまった！　と毅は口に手をあてたが、順も川添警部もちゃんと聞いていた。二人でじっと見つめると、毅はもじもじと膝を動かしている。

やがて、大袈裟に一つため息をもらして、顔を上げた。

「いいですよ、わかりました。話します。警察に協力するのは市民の義務ですからね」

「そうだね」と警部は言ったが、あまり楽しそうな顔ではなかった。

「あの噂をでっちあげたのは、僕たちです。英明進学塾の仲間たちですよ。みんなで楽しんでたんです。それがすごく広がっちゃって、大人たちの中には本気にしてる人もいたみたいだけど、それもおかしくって笑ってました。デタラメなのにさ」

毅はケロリとしている。

（警部さん、目が点になってる）と、順は同情した。（やっぱ、さっき慎ちゃんをとめないで二、三発殴ってもらった方がよかったかもしれない）

「でたらめ」と、川添警部はつぶやいた。「女が消えたとか、老人が裏庭を掘っていたとか、そこまで具体的な話が全部でたらめだというのだね？」

「うーんとね」と、毅はもったいぶってそっくり返った。「そういう個別のエピソードというのは、本当にあったことなんです。ただ、それをつなげて一つのお話をつくりあげたのは僕たちだ、ということですね」

毅の説明によると、彼と英明進学塾の仲間たちの何人かが、帰り道に篠田邸の前を通るのだという。夜十時過ぎ、静かでひと気のない場所に、これまた人の気配を感じさせない、塀と木立ちに囲まれた家――

「ホラー話をつくって楽しむには最高の雰囲気なんですよ」

「それで？　庭を掘っているのを見たというのは？」

「それは僕が見たわけじゃないから――」と毅が言い、順があとを引き取った。

「東吾さんは、気に入らないスケッチを燃やすために、庭を掘ったりするそうです。だから、そこを見かけられても不思議はないって言ってました」

「なるほど」と、警部。「で？　若い女が消えたというのは？」

毅は悪びれもせずに答えた。

「それは僕です。あの家の近くで、ちょっと怪しげな様子の女の人を見かけたっていうだけのことですよ」

「それはいつごろのこと？」

「さあ……いつかなあ。十月の、真ん中へんだったかな」

あやふやな言い方をしてから、毅はぱっと顔を明るくした。

「そう、思い出した。あのね、十月十六日です。僕、パパとママとレストランに夕食を食べに出かけて、帰り道にあの家の前を車で通ったんです。そのときですよ。女の人が、人目を避けるような感じで立ってて、なんだろう、って思いました」

順はどきりとした。

「大木君がそのとき見かけた女の人って、美人だったろ?」

過去二回遭遇しているあの女性の外見を説明すると、毅は大きくこっくりとした。

「そうそう。その女だ。なんだ、もう警察も知ってることなの?」

順はその質問には答えられなかった。頭の中は、あの女性の面影でいっぱいになっていた。あなた、いったい誰なんですか?

(マリエンバートで会ったわね)という言葉が浮かんで消える。

「そのあと、みんなで通りかかったときに、今度はあの家の脇に、まるで『クリスティーン』みたいな車が停めてあってさ、『あの車の中できっと女が窒息死したんだぞぉ』なんて、わいわい騒いだこともあるんです」

その言葉に順はぎょっとして我に返った。

「『クリスティーン』? 大木君、映画を観たの?」

「テレビでね。つまんない映画だったけど、車はよかった。だから覚えてたんだ」

「私にもわかるように話してくれんかね」と、川添警部。

順は説明した。「クリスティーン」とは、映画の題名である。ホラーもので、クリステイーンと名づけられた呪《のろ》われた車が登場するのだ。五八年型のプリマス・フューリー。映画に登場したその車は、女性の口紅のような深紅のボディをしていた。

「あんなふうな真っ赤な車だったの？」

「そうだよ。スポーツタイプのでさ、後ろの窓に、大きなワッペンみたいなのが貼ってあって、それがまたすごかったんだ。『皆殺しの天使』って書いてあるんだから」

「暴走族でも乗り回しそうなものだな」と、川添警部。「しかし、噂のたねはそれだけなのかね？　あとは全部つくりごとか？」

「あたりまえじゃない。警察はもっと現実的にならなくちゃ」

けらけら笑う彼の顔を、順はぽかんと見つめた。

たとえるなら、そう――仲のいい友達に、突然「教科書にはああ書いてあるけど、本当はやっぱり太陽が地球の周りを回ってるんだよね」と言われたような感じだ。

殺や彼の友人たちは、人が本物の悲鳴をあげなければならないような事態は、自分の住んでいる縄張りの範囲内では起こりっこないと信じているのだ。本当に恐ろしいことが起こっているはずはないと最初から決めつけているから、ぶっそうな噂話をでっちあげることもできる。

川添警部を見やると、目をそらしてごつい顎をかいている。やがて言った。

「よくわかったよ。噂の件はよくわかった。しかし――」

少しばかり、叱るような口調で、

「たとえいたずらにしても、八木沢さん宛に手紙を書いたのはやりすぎだったと思わないかね？　噂のことで、東吾さんたちが怒っているのを聞いたんだろう？　それに輪をかけてまだ——」

「勝手に怒ってればいいよ」

ふてくされた言い方に、警部は捜し物を見つけたような顔をした。

「君、篠田さんの家の誰かと知り合いではないのかな」

毅はびくりとした。警部はテーブルの上の紙コップや包み紙をどけ、小さくなっている毅の顔をのぞきこむようにして、続けた。

「名前は知らなくても、あの家の誰かと会ったり、話したりしたことがあったんじゃないのかな。正直に話してもらえると助かるんだがなあ。おじさんたち、バラバラ事件を解決するために、どんなささいなことでも知っておきたいんだよ」

釣り人が餌を投げてから待つように、二人は待った。やがて、

「事件には関係ないと思いますけど——」と前置きして、しぶしぶながら、毅は答えた。

「前にね……まだ半袖を着てたんだから、三カ月ぐらい前かな。僕、チェーンレターを仕掛けに、あの家の近所のコンビニエンス・ストアに行ったことがあるんです。そこで——」

今思い出してもしゃくにさわるというように、口をとがらせる。

「叱られたんです。僕のあとからコピーを使おうとしていた人に。後ろにいるなんて気がつかなかったんだ」

その人物はチェーンレターを取り上げ、こんなことをするなんて意志が弱い証拠だ、こんなイタズラは最低のものだと思わないのかと、大声で毅を諫《いさ》めたのだという。

「店員が見てる前でハジかかされて、僕、悔しくて。パパやママにだってあんなこと言われたことないのに」

そうだろうなあと、順は気が重くなった。

「で、僕は店から逃げだしたんです。その人はなんかちょっと買い物をして、すぐ出てきました。僕、見張ってたんだ。あんなことを言うやつが近所の人間だったら嫌だなと思って。そしたら、そいつ、あの家に入って行ったんです」

「どんな人だった？」

「オジンだよ。でも強そうな感じでさ、口ごたえしたら殴られそうだったんだ」

(才賀さんかぁ)と、順は警部を見上げた。彼もうなずき返してきた。

「そんな権利なんかないのに、僕のことを叱ってさ。あんまり悔しかったから、なんとか仕返しっていうか、お返しっていうかしてやれないかと思って、それで……でも、何度も言うけど、噂話をつくって流すことなんて、イタズラですよ。罪になることじゃないでしょ？」

いや、ちゃんと罪になることだと思うよと、順は心の中で答えた。ところがそれが聞こえたかのように、毅は言った。

「それに、どっちにしろ僕は未成年なんだから」

「罪になるからやるとまずい、ならないからやってもいい。そういう考え方は、出発点が違っていると思うがな。うちに帰ったら、ご両親にきいてごらん」

川添警部がやんわりたしなめると、毅は口をつぐんでしまった。しばらくして、憤然、という顔で言った。

「とにかく、僕はバラバラ事件なんかとは無関係ですよ。字が似てたのはただの偶然です。あのチェーンレター、すごく流行ってるから、真似っこしようとか、あの文字を使おうと思いつきそうな人間は、僕以外にもいっぱいいるはずだもん」

「それはどうやらそのようだね」

答える警部は、いささかくたびれた表情を浮かべている。毅はずけずけと続けた。

「ちぇ、時間を無駄にしちゃった。子供のイタズラに警察が出てくるなんて、僕のパパは許さないと思うな。そんなことより、もっと大事なことがあるでしょう。税金から給料をもらってるんだから」

もういいでしょう、という様子で立ち上がる。さすがにカチン！ときた順は一緒に立ち上がろうとしたが、警部に押さえられた。彼は、毅が無事に店から——慎吾の頑張っているドアではなく、裏手のドアを通って——出て行ってしまうまで、順のセーターの裾をつかんでいた。

「なんなんだろ、あれ」と、順は頬をふくらませた。

「君らとは気があわんか？」

「ぜーんぜん理解できませんよ。一度、シガニィ・ウイーバーに火炎放射機でやっつけてもらえばいいんだ」

しばらくして、慎吾が戻ってきた。

「あいつ、謝《あやま》ったか？」と、順に訊く。「迷惑かけてスミマセンでしたって、謝ったか？」

順はかぶりを振って言った。

「ごめんで済めば、警察は要らないんだからさ」

「オレはそうは思わない。とうちゃんがいつも言ってる」と、慎吾は拳骨を握った。「『ごめんという気持ちがあれば、警察が要らないことはいっぱいある』って」

「いいお父さんだ」と言って、川添警部は二人の肩に両手を置いた。

「大木君の話、才賀さんに確かめてみよう。あの人が覚えているといいんだがねえ」

3

連絡をとってみると、才賀は東吾と別宅の方にいるという。順たち三人は歩いて行き、門を入る前に、道路の向かい側に停められているグレイの乗用車に会釈した。運転手が川添警部を認め、敬礼をして返した。

所轄署の刑事なのだ。篠田邸の捜索騒ぎ以来、東吾の身辺には彼らがついている。

「見張りも大変だよな」と、慎吾がつぶやく。「あてがないんだからよ」

東吾も才賀も、川添警部自らの訪問に、相当驚いた様子だった。事情を説明しても、しばらくは不安そうな顔をしていた。

才賀は、毅とチェーンレターの一件について、ぼんやりとしか記憶していないと言った。

「子供を叱った記憶はありますが……」

「ああいうイタズラはお嫌いですか」

きっぱり答えた。「嫌いです」

実はですなと、川添警部は大木毅の名前だけを伏せて、この家にまつわるおかしな噂が流れた経緯《いきさつ》を説明した。

東吾と才賀は、ぴんと張っていた糸が緩《ゆる》んだように、ほっとした。それから見る見る不機嫌になった。

「近ごろの子は、とんでもないことを考えるもんですね。人格が歪んでいるんじゃないですか」

才賀は、目の前にも二人「近ごろの子」がいるのも忘れたように、強い口調で吐《は》き捨てた。順たちは殺のかわりに小さくなった。

「まあ、いいじゃないか。ともかく一つは解決したんだ」

東吾の方がとりなしている。

「そうすると、バラバラ事件関連の手紙と、順ちゃんの家に来た、私を人殺しよばわりした手紙とは無関係なわけですな？ たまたま流行のチェーンレターの字体を真似て書いたから、似ていたというだけなんですな？」

「そういうことになります」

東吾は疲れたようにとんとんと肩を叩いた。

「それならいいでしょう。しかし、たまらんですな。で、バラバラ事件の捜査はどうなんですか。とっかえひっかえいろんな刑事さんがやってくるが、誰も確かなことは教えてくれん。進んでおらんのでしょう？」

不満そうに言われて、川添警部は頭をさげた。

「申し訳ありません」

「私に謝ったってしようがない。殺された娘さんたちのことを考えなさいよ」

今日の東吾さんは危険だ。警部はさすがに動じていないが、順はうっすら怖くなった。

と、慎吾がとんきょうな声を出して話題を変えた。

「あれ、これ何ですかぁ？」

ソファの脇のベンチチェストの上に、大きな竹かごのようなものが置いてあり、その中に、色とりどりのマッチが山ほど入っているのだ。

「マッチ、集めてるんですか？　うちの姉ちゃんと同じだなぁ」

言葉のとおり、慎吾の姉はマッチの収集に凝っている。順も一度、道雄たちがよく行く定食屋のマッチをプレゼントして、喜ばれたことがあった。

才賀はちょっと鼻白《はなじろ》んだような様子で、

「いや、別に集めているというわけじゃないが」

「でも、たくさんある」

「使いもしないものでも、捨てるのはもったいないからね」

そういえば、東吾さんも才賀さんも煙草を吸わないみたいだな、と順は思った。

「どれどれ？　ホント、きれいだね」

調子を合わせるつもりで、のぞきこんだ。

グラブの形をしているブック・マッチ。星座占いが書き込んであるもの。箱ではなく、筒形の入れ物に入っているもの。とりどりだ。

そのなかで、映画のフィルムを模した柄がついているものが、順の目を惹《ひ》いた。「シネマ・パラダイス」というパブのマッチで、店の電話番号の下に、「古い映画のパンフレットあります」と刷ってある。

慎吾はまだかごの中をのぞきこんでおり、楽しそうに言った。

「いろんなのがあるなあ。要らないなら、いくつかもらってもいいですか？　うちの姉ちゃん、喜ぶと思うんです。コレクションしてるから」

才賀は素早く、言葉をぶつけるようにして答えた。

「駄目だ」

慎吾も驚いたようだが、順もびっくりした。川添警部は、少しけげんそうに才賀を見つめている。

バツの悪い沈黙のあと、慎吾は肩をすぼめた。順と一緒に、

「すみません」

「いやいや、謝ることはないよ」

そう言ったのは、東吾だった。

「かまわないから、好きなのがあったら持っていきなさい。デザインの面白いのがあると持ってくるようにしていたら、いつのまにかそんなに増えてしまってね」

だが、こうなっては「はい、じゃあいただきます」というわけにもいかない。あいまいに笑っていると、東吾は席を立って、順と慎吾にマッチをいくつか取ってくれた。

「持っておいき」と、二人の頭をとんとんとなでた。才賀はじっとそれを見ていたが、もう止めはしなかった。

結局、気まずい雰囲気を引きずったまま、別れることになった。本部に帰るという川添警部は、あらためて順と慎吾の労をねぎらってくれはしたものの、なんとなく釈然としない様子だった。

「考えてみれば、バラバラ事件につながる手がかりが一つ減っちゃったことになるんですもんね」

気をきかせたつもりで順が言うと、警部は「ん？」と答えた。

「何がだね？」

「だから、チェーンレターですよ」

それでようやく目が晴れた。警部は角張った顎をこすりながら照れ笑いをした。

「そんなことはないよ。消去法で無駄な線を消していくことも、立派な捜査なんだからねえ」

「それならいいんですけど。でも警部さん、今なにを考えてたんですか？」

警部は二人を見おろしている。ややあって、三人同時に口を開いたときには、同じ言葉が出てきた。

「マッチの件、おかしいですよね」

慎吾は色合いのきれいなブック・マッチを二つ、順は「シネマ・パラダイス」のマッチをもらってきた。手の中にあるそれは、なんのへんてつもない普通のものなのに——

「あのかごの中に、通帳でも隠してあったんじゃねえの？」と、慎吾がオチをつけた。


その晩、ハナにその日の出来事を報告した。ハナはまず、東吾を名指しで人殺し呼ばわりした手紙の謎が解けたことに、心からの喝采を送った。

「この街の人たちは事件とは関係ないということがわかって、なによりでございましたよ。ぼっちゃまと慎吾さんのお手柄でございますね」

「正直言って、拍子抜けしないでもないけどね」

「あらまあ」

「でもさ、大木毅には、僕もかなり頭にきたんだ。もうちょっと厳しいシツケが必要だと思わない？」

「それより、想像力を伸ばすことではございませんか」

「想像力？」

「はい。他人様の迷惑をおもんぱかるのにも、想像力が要りますでしょう。わたくしはつねられれば痛い。では、あなたもきっとつねられれば痛いでしょうねと思う気持ちでございますね」

「そうかしら」

りんごでもむきましょうかと、ハナは立ち上がった。

「それでも、こうなりますと、直接篠田さんの周りで起こったことで不思議なことは、ぼっちゃまが二度も見かけた『謎の女』のことだけでございますねえ」

そうなのだ。彼女と、マリエンバートの謎。

「でもさ、こうやって頭を悩ませても、案外、彼女も事件とはぜーんぜん関わりのない人だったりして、さ」

「どうでございましょうね」

「サスペンス映画みたいに、謎の女に振り回されるのも悪くはないけど」

「そういうセリフは、十年早いと思いますですよ」

順はりんごをかじりながら、へへへと笑った。ハナもにこにこしながらりんごをむいていたが、話題が今日のマッチの一件に移ると、ふとその笑みが消えた。

「才賀さんは、断固、というご様子で断わられたんでございますか？」

「うん。びっくりしたよ」

「さようで」

「いいえ。でも、少し妙な話だとは思いまして」

「警部さんも気にしてたな。ちょっと不思議だよね」

不思議という連想で、順は〈火炎〉の中の才賀の顔のことを思いだした。

それを話すと、ハナは今度はナイフを置いて向き直った。

「それは本当でございますか？」

あまり真面目な顔をするので、順は面食らった。

「間違いないよ。僕も慎ちゃんも、視力はいいんだもの」

ハナはテーブルを見つめて考え込んでいる。片手には、むきかけのりんごを持ったままだ。

「ハナさん、どうしたの？」

声をかけると、居眠りしていたところを起こされたようにはっとして、にっこりした。

「りんごはいかがですか？　八百屋さんは甘いと言ってましたが」

「うん、おいしいよ。ハナさんも食べなよ」

「いただきます」と、りんごをぱくりとかじる。順はその顔をのぞきこんだ。

「ね、なんか気になる？　僕の話したことがさ。僕もヘンな感じはしてるんだけど――」

「本当に甘いりんごでした。あたりましたねえ」

「なんか気になるの？」

ハナはすまして言う。

「ところでぼっちゃま、慎吾さんのお姉さまは、家政婦協会のマッチなども喜ばれますかしらね？」

「欲しがるんじゃないかな。めずらしいもの」

「では、たんとさしあげましょう」

それきり、ハナは映画の話ばかりしていた。順はひっかかりを感じたが、ハナが「やっと探しあてました」と言って、「アルゴ探検隊の大冒険」のビデオを見せてくれると、気持ちはそっちに行ってしまった。

4

道雄宛にきた手紙の謎が解けたことで、事件はますます、少年法の改正を要求する集会への「あてつけ殺人」、という様相が濃くなってきた。捜査本部は人員を増やし、聞き込み捜査を強化すると同時に、過去の少年による凶悪犯罪の記録の洗い直しにも、本腰を入れてとりかかった。

マスコミでは、これがあまりにも異常な事件であるがゆえに、現行の捜査体制では解決がむずかしいのではないかと書き立てている。標的とされた婦人団体は緊急集会を開き、事件の解決のための協力を呼びかけた。

東吾も、ある雑誌の誌面を借りる形で、犯人たちへ呼びかける文書を発表した。こんな卑劣な脅しに屈するほど、社会は弱腰ではないと書いている。君たちは必ずそれにふさわしい報いを受けるだろう、と。

道雄はそれを読み、その文章の主旨が、生命を軽んじてはいけない、というパンフレットの文章のそれと、違っているように感じた。パンフレットの文章では、「少年たちに罰を！」というよりは、「どうかそんなに簡単に人の命を奪わないでくれ」という願いのようなものの方が強く訴えられていた。それに対して、今度の文書は、かなり攻撃的な調子が強いのだ。

ほかにも数人、同じ感想をもらした刑事たちがいる。このことが犯人を刺激しなければいいが、と心配する者もいた。

「まあ、事件が事件だから、画伯が腹を立てるのも当然だろうがね」と、伊原は言い、また聞き込みへと出かけていった。

その中で、道雄と速水だけは別の道を歩いている。

才賀英次と相沢めぐみは、どの程度の仲だったのか。そして、めぐみと浮田聡子には、同じ集会でアルバイトしていたということ以外に、つながりはないのか。

道雄がひっかかっているのはその点だった。

英次とめぐみが、あの集会の当日、九月二十四日に会場で知り合ったのだということは、確認がとれている。参加者の中にも、二人が楽しそうに話をしているのを記憶している者がいたし、オークションを仕切った婦人団体の担当者も、そのことはよく覚えていた。

「相沢さんて、積極的な感じの人だったから」

「浮田さんはどうでしたか？」

「さあ——割りとおとなしそうな娘だったけど」

「二人は以前からの知り合いですか」

「そうだと思いますね」

「アルバイトの募集はどうやって？」

「ほとんど口コミです。相沢さんは、普段は、幹部の一人が経営している喫茶店でウエイトレスをしている人だったんです。浮田さんは、彼女の友達でね」

その、喫茶店を営んでいる幹部に会ってみると、めぐみはタレント志望だったということを教えてくれた。

「なんだか、ミスコンテストとか、オーディションとか、しょっちゅう受けに行ってましたよ。そのたびに仕事は無断欠勤するし——あの集会でのアルバイトだって、とにかく舞台に上がる仕事なら目立つから、なんて了見でやってたんですよ。死んだ人を悪く言うつもりはないけど、だいたい、派手でだらしのない娘さんでね。だから、彼女がぷっつり仕事にこなくなって、電話しても連絡がとれなくなったときも、放っておいたんです。まさか殺されてるなんて、ねえ」

喫茶店を出るとき、速水が首を振り振り言った。

「冷たいもんですね」

道雄は、その感傷はとりあえず脇にのけておくことにした。

「才賀英次も、彼女に電話しても連絡がとれなかったと言っていたよな」

めぐみの電話は、九月二十八日に料金滞納で止められている。電話しても、「この番号は、お客様の都合で使用されておりません」という案内が流れるだけで、つながらないのだ。

才賀英次にも、今度は大学まで訪ねて行って会った。

学生食堂で、時刻は昼過ぎだった。英次は道雄たちの顔を見ると、あからさまに警戒したが、

「時間はとらせません」と約束すると、二人をここに引っ張ってきたのだ。

相変わらず顔色が悪いな……と、道雄は英次を見つめながら思った。

彼の話すことは同じだった。集会でめぐみと知り合い、仲よくなり、デートをした。

「いつですか？」

「最初は、あの集会の翌日です。映画を観て、食事しました」

「この前の話では、彼女をモデルにしないかと、東吾さんに紹介したそうですね？」

英次はうなずいた。テーブルに置いた、ブックバンドで束ねた法律書を、指先で軽く叩いている。そうすることで心のバランスをとっているように、道雄には見えた。

「それは、彼女がタレント志望だったから？」

「そうです」

ようやく英次は顔を上げて、二人の刑事を見た。

「東吾さんは以前、『花の季節』という画集を出してるんです。知ってますか」

「ええ、存じています。女優を描いた作品集ですね」

ハナが買ってきた画集である。

「相沢さんも、あれを見たことがあったそうで……僕が東吾さんと親しい人間だとわかると、盛んに紹介してくれと言ってきたんです。すごく粘られて、まあ、僕も仕方なしに承知しました」

「それは、あの画集で取り上げられた女性タレントが有名になった、という実績があったからでしょうね」

英次は、言葉で答える代わりにうなずいた。

「東吾さんと彼女が会ったのはいつですか？」

「すごく急な話で、最初のデートの翌日だったと思います」

「あの別宅に、相沢さんを連れて行ったんですね」

「そうです」

「それで、東吾さんはなんと？」

「僕の手前、使ってもいいようなことは言ってましたけど、本当はあんまり乗り気じゃないことがわかりました。東吾さんは、今はもう、モデルを使うような絵には興味がないってこと、知ってましたから。正直言って、僕も少し困っていました」

「そのことを、彼女には？」

「言いました。あまりあてにしないでくれって」

「彼女はがっかりしたでしょうね」

「ええ。残念そうでした」

道雄は手帳にメモを取りながら、英次の話を聞いていた。

ここまでのところは、東吾からも確認をとってある。また、九月二十六日の午後、篠田邸に若い男女が入っていくのを、近所の主婦が目撃していることもわかっていた。その主婦は、英次とめぐみの写真を見せると、「たぶんこの二人ですよ」と証言した。

問題は、英次が最後にめぐみに会ったのはいつか、ということだった。

「九月三十日です」と、すぐに答えた。「東吾さんに会って別れるとき、次の約束をしたんです。それが三十日でした」

「よく覚えていますね」

英次は肩をすくめた。

「普通の日じゃありませんでしたから」

その日は、あるプロダクションの主催する、タレントスカウトのオーディションの最終選考会が開かれる日だったという。めぐみは、その選考会に出場することになっていたのだという。

「僕、彼女に頼まれて、一緒に行ったんです」

英次はぶっきらぼうに言った。

「行って、オーディションを見ました。でも彼女、落選だったんです。慰《なぐさ》めるのに大変な思いをしました。ドライブして、食事して、飲みに行って、またアパートまで送り届けました。まるで召使いですよ。少しイヤになってたから、彼女にもそれが通じたのかもしれないけど、ちょっと気まずくなって、アパートの前で別れました。それっきり会ってません」

ドライブのルートは？　二人で入った店は？　車の車種は？　何時ごろ別れました？　道雄はやつぎばやに細かい質問を投げ、英次はほとんどよどみなく答えた。

「記憶力がいいですね」

「そうでなきゃ、試験に通れません」

その言葉に、めずらしく、速水が嫌な顔をした。英次が極めて成績優秀な学生であることは、二人ともよく承知していた。

(親も優秀、子も優秀、か)

道雄は心の中で、才賀父子《おやこ》の顔を見比べてみた。

途中で、速水が自動販売機のコーヒーを買ってきた。英次はそれを一息に半分ほど飲み干してしまった。

「その日以後も、彼女に電話はしたんでしょう?」

ふうっと息を吐いて、英次は答えた。

「しましたよ。前にも言ったでしょう? オーディションから二日ぐらいたってたかな。やっぱり気になったんで。でも、つながりませんでした。案内の声が返ってくるだけで。向こうからの電話もないし——なんだか僕だけ振り回されているような気がして、バカらしくなりました。だから、こんなことになって父から言われるまで、彼女のことなんかほとんど忘れていたんです」

英次は椅子を引いて立ち上がった。初めて、張りのある声を出した。

「僕、疑われてるんですか? おかしいな。新聞では、犯人たちは、あの集会に対する嫌がらせのために人殺しをしたんだろうって書いてありましたよ。相沢さんと浮田さんが被害者に選ばれたのは、単なる不運だったたって」

道雄は静かに答えた。

「ええ、本部ではその説が有力です」

「じゃあ、どうして僕にいろいろ訊くんです？」

「私はあなたを疑っているとは言ってませんよ」

ブックバンドを取り上げると、英次は気短そうに吐き捨てた。

「僕と彼女は、今話した程度の、それだけの仲です。一緒にいるあいだは楽しかったけど、それだけだ。調べてみてください。よく調べてみてください」

急ぎ足で出口に向かう英次の後ろ姿を、道雄はじっと見守った。

「八木沢さん……」

速水に呼びかけられて、目を上げた。

「よし、お申し出のとおり、調べてみるとしようじゃないか」

テーブルを軽くぱんと叩いて立ち上がる。後ろの席でカレーライスを食べていた学生が、驚いて二人を振り返った。

5

めぐみの出場したオーディションの会場は、東京の郊外にある大きな遊園地内の特設野外ステージだった。当日は好天だったし、公開審査のため、観客も多く集まっていたという。

選考会は二時からだったので、英次は午前中に、車で彼女をアパートまで迎えに行き、会場へ向かったという。車は父の才賀のもので、メタリック・グレイのシーマだった。

さすがに、遊園地や野外ステージの周辺では、当日の英次とめぐみを記憶している人間は見つけることができなかったが、駐車場の係員の一人が、この車を覚えていた。

「二十歳ぐらいの男が三ナンバーに乗ってたんで、へえ、と思ったんです」

仲のよさそうなアベックでしたよ、と言う。

道雄と速水は、そこからオーディションの主催プロダクションへと足を向けた。都心の共同ビルのワンフロアを占めている、業界では大手のところだった。

相沢めぐみは、最終選考の段階では、まっさきに落ちていた。

「彼女はもう年でしたからねえ。もともと、頭数揃えに残したようなもんですよ。最終候補者があんまり小人数だと盛り上がりませんからね」

関係者がさらりと言うのを聞いて、道雄も速水も驚いた。

「しかし、相沢さんは十九歳でしょう?」

「十九じゃ、これからデビューする新人としてはオバンですよ。演歌歌手じゃありませんからね」

「若くなければ商品価値がありませんか」

「ええ。彼女程度の容姿じゃ、鮮度が落ちたらもうダメですね」

まるで食肉や魚のようだ。

「落選したとき、彼女はどんな様子でしたか」

「さあ……私はステージの上の彼女しか見ていませんから、わかりませんね」

そっけなく首を振るだけである。他の関係者たちも、選考の前にめぐみと会っていたスタッフでさえ、彼女が非常に熱心だった、という程度の印象しか持っていなかった。

「空に向かって石を投げているような感じですね」と、めずらしく速水がぼやいたほどだ。

しかし、収穫はあった。当日の模様を撮影したビデオを見せてもらうことができたのだ。

そこには、生きているめぐみがいた。

「美人だな」と、道雄は言った。「それに一生懸命じゃないか」

彼女はテンポの早い歌謡曲を一曲歌い、ダンスを踊り、課題として与えられたドラマのセリフをしゃべった。学芸会のようにつたなく、学芸会のように真剣だった。水着審査の場面では、足の甲がつってしまうのではないかと思えるほどかかとの高いヒールをはいて、堂々とステージを半周した。

「あなたのセールスポイントは？」という審査員の質問に、彼女は答えた。

「スタイルと、頭の回転の早さです」

「なんだか切なくなりますね」と言ったのは、速水だった。

辛抱強く歩き回っているうちに、一人だけ、当日のめぐみについて記憶していた人物を見つけることができた。

ほかでもない、当日彼女と並んでステージに立っていた、山本真弓《やまもとまゆみ》という娘である。十五歳の高校生で、やはり最終選考では落選していた。

きれいな少女だった。ぱっちりとした黒い瞳と、白桃のような頰。だが気取った様子はなくて、どちらかといえば、いつも誰かの背中に隠れていたい、という感じの、おとなしい娘だ。道雄は内心、彼女が選考に受からなかったことを祝福したいと思った。

「相沢さんとは、控え室でちょこっとしゃべっただけなんです」

伏し目がちに、真弓は言った。

「どんなことを?」

「わたし、ステージに出るのが嫌で、ほんとに泣きたいくらいだったんです。隅の方でちっちゃくなってたら、あの人が話しかけてきたんです。『気分でも悪いの?』って」

真弓が、このままうちに帰りたいと言うと、めぐみは笑ったという。

(それならそうしなさいよ。ライバルは一人でも少ない方がいいわ)

(熱心なんですね)

（あたりまえよ、チャンスはしっかりつかまなきゃ。どんなことをしたって、チャンスをつかんだ人間が勝ちよ）

（自信、ありますか）

（なかったらこんなとこに出てこないわ）

その言葉どおり、めぐみは堂々としていたという。道雄はふと、（彼女は頭数だ）と言っていた関係者の顔を思い浮かべた。

真弓はつぶやいた。「わたし、自分で応募したんじゃなかったから……」

速水が意外そうに訊いた。「誰が応募したの？」

「母が。母は、自分が昔、女優になりたかったもんですから、私をタレントにしたいんです。だから、選考会から逃げて帰ったりしたら、たいへんでした」

次に真弓がめぐみと言葉を交わしたのは、ステージ上で審査結果を待っているときだった。

「めぐみさんは、『あたしよね、きっとあたしだわ』って、前を向いたまま言いました。わたしに言ったっていうより、自分に言い聞かせてたみたい。わたし、『きっと相沢さんですよ』って言いました。そしたら、にこって笑いました」

いよいよ発表となり、ドラムロールが響き始めたとき、めぐみが何度も何度も繰り返しおまじないのようにつぶやいていた言葉を、真弓は覚えていた。

たけど」

「『神様、神様、お願い、お願い』って言ってました。そのあいだも、顔はずっと笑って

だが、相沢めぐみは落選したのだ。

「選考会のあと、相沢さんは一番先に控え室から出ていきました。わたしが最後にあの人を見かけたのは、両親と一緒に車で遊園地の駐車場を出るときです」

道雄も速水も乗りだした。

「相沢さんは誰かと一緒だった？」

「ええ。若い男の人と」

才賀英次の写真を見せると、「たぶん、この人です」と答えた。

「恋人かな、って思いました。こんなことを言うの生意気かもしれないけど、相沢さんのために、そういう人がいて良かったと思ったんです」

英次がめぐみと一緒に行ったという店は、二軒あった。レストラン、カフェ・バー。場所は横浜《よこはま》である。

「ドライブ・コースとしては、こっちの方に来ることは不自然じゃありませんね」と、速水が言った。

「流行のコースか？」

「ええ。トレンディなデート・スポットってやつです。横浜ベイブリッジの夜景なんか、特に」

二軒の店のうち、バーの方の店員の一人が、英次とめぐみのカップルを覚えていた。九時ごろに来て、二時間ほどいたと思う、と言う。

「お似合いの二人でしたよ。どっちかというと、女性の方がお熱みたいだったな。美人だったから、ちょっとばかりうらやましかったですよ」

「その女性、元気そうでしたか？」

若い店員は、妙な質問に噴きだした。

「ええ。二人でダーツをして遊んでたぐらいだし」

速水が、店の壁にかけられている時計を見上げた。時間を逆算している。

「選考会で落選してから四時間ぐらいですよね。まあ、気をとりなおしていたというところかな」

道雄も時計に目をやってみた。そんなものだろうか、と思った。

「新聞やテレビで彼女の顔写真が出たとき、すぐにわかりましたか？」

店員は、すぐわかったと答えた。

「この商売をしてると、一度に大勢の客に会うから、いちいち覚えていられないと思われるかもしれませんけど、案外そうでもないんですよ。特に、美人のお客の場合はね。彼女、気の毒なことになりましたね」

「女性の方がお熱だったというのは、具体的にどんなふうにですか?」

店員は照れた。

「言いにくいなあ。なんていうか、まあ、ベタッともたれかかったり、抱きついたり、そんな感じです」

「酔ってましたか?」

「男性の方は、ほとんど素面《しらふ》でしたよ。車だからって。女性も、ほろ酔い程度だったんじゃないかな。自分のしていることは充分よくわかる状態でしたよ。二人とも」


メタリック・グレイのシーマというのが、横浜近辺ではさほどめずらしい車ではないということを、道雄は知った。

英次は、東京への帰途につく前に、埠頭《ふとう》の倉庫街の方をドライブした、と話している。そのあたりを管轄している交番で訊いてみると、そのコースはいわゆる「恋人通り」で、アベックがよく来るし、シーマのような高級車もよく見かける、という。

「みんな金を持っとるんですな」と、初老の巡査は笑った。

「九月三十日の夜、とりたてて変わったことは起こってないですか?」

巡査は日誌をめくりながら、首を振った。

「さあ……酒場で学生同士の喧嘩騒ぎが起こっていますが。それと、車上狙いが二件。これが悪質で、車の窓を割ってしまうんです。このごろ多いんですよ」

「金を狙うんですね？」

「はい。よくない傾向です。街の人気があがるのは結構なんですが、そうするとどうしても、そこで荒稼ぎしようとするゴマのハエも寄ってきますから。近ごろでは、埠頭のあたりでトルエンの密売人がウロウロしとることもありまして——」

道雄たちも、東京に戻る前に、埠頭の倉庫街を一周してみた。

ひと気がなく、静かなものだった。

「お台場《だいば》公園あたりのように、アベックがぞろぞろいるというわけじゃあないんだな」

窓からは、平たく光る海が見える。白じろとした倉庫の壁には、細長い街灯が影を落としている。

「穴場なんでしょう」と言って、速水は運転席で凝った背中を伸ばしている。「八木沢さん」

「なんだ」

「どうして、才賀英次にこだわるんですか。いえ、それ以前に、僕には、八木沢さんが本部の捜査方針には賛成していないように思えるんです」

「そうかな」

「ええ。理由はなんですか？　本部の描いている犯人像に疑問があるんでしょう？」

道雄はポケットをさぐり、煙草をつけた。めったに吸わないので、一箱買うと一カ月以上もつ。

「別に、会議で出た結論に反対しているわけじゃないさ。犯人が、あの集会に反感をもって今度の殺しを実行した、という可能性は大いにある。つじつまもあうしな」

「そうですね。僕もそれには同感です。ただ――」

「ただ？」

煙を吐いて、道雄は速水を見やった。

「君こそ、なにか疑問があるんだろう？」

「以前、順君がこんなことを言ったんです。犯人がバラバラにした死体の一部を捨てた場所には、屋根がある、って」

「順が？」

「はい。そのときはまだ、コスモ東大島と日の出自動車からしか遺体が出ていなかったときなんですが、でも、それ以降の発見場所にも屋根がありますよ。篠田邸の軒下です」

道雄はうなずいて、煙草を消した。速水は続けた。

「順君のその言葉を聞いたとき、僕はふっと思ったんです。犯人は、もし雨が降っても遺体が雨に濡れないですむような場所を選んで捨てているんじゃないかな、と。そうだとすると、意趣返しに無差別殺人をするような犯人像とは、どうもしっくりこないと思うんです」

道雄はその言葉を吟味してみた。そして言った。

「俺は、才賀の言ったことが気になっていてね」

「才賀さんの？」

「ああ。ほら、美術の世界にいる人間は、腐敗した死体を扱うような美意識に欠けたことは、やろうと思ってもできません、と言っていたじゃないか。それと同じことが、捜査本部で描いている犯人像にもあてはまると思うんだよ」

海は凪《な》いでいる。窓ごしにそれをながめながら、道雄は続けた。

「殺人や強盗をする少年犯の実態がどんなものなのか、俺はそれほどよく知っているわけじゃない。だが、一つだけ、これだけは確かだと思うことがある。それは、彼らには想像力が欠けている、ということだ」

速水を振り返ると、彼はじっとこちらを見つめていた。

「想像力がない」と、道雄は念を押した。「だから、常識のある大人たちの目には残虐《ざんぎやく》きわまりないことが、平気でやれる。こうしたら相手がどう感じるか、そこに頭が回らないんだ。生きてそこに存在している他人を、自分と同じ生身の人間だと思うことができない。ただ、自分の欲望の対象としてしかとらえることができない。

だが、そういう彼らも、自分の欲望を満たすために手にかけた相手も、やっぱり自分と同じ人間なんだと気づくときが、必ず一度はくる。それはな、速水。相手を殺してしまったときだ。その死にざまを見たときだ」

速水は息を飲んだ。

「一年ほど前、こんな事件があった。女子大生が全裸で絞め殺されて、アパートの一室に放り出されていた。それは彼女の部屋じゃない。犯人の部屋だったんだ。ちゃんと住民登録をして住んでいる部屋だぞ。もちろん、彼はすぐ捕まった。若い学生でな。家に帰れないで、街をうろついてたんだ。犯人は自分だと、すぐ認めた。繁華街で誘いをかけて、自分の部屋に連れ込んで、強姦して殺したんだ。俺たちは不思議で仕方なかったんで、彼に訊いた。どうして、死体を自分の部屋に放置して、外に出ていたんだ、と。すると彼がなんと答えたと思う？」

「わかりません……」

「『彼女を殺したとき、部屋の中がすごく汚れたんで、そこにいるのがイヤになったんです。刑事さん、人間は死ぬと、あんなに汚くなるものですか』」

道雄はシートに寄りかかった。

「絞め殺されたとき、被害者が失禁したんだよ。よくあることだ。だが彼は、それを見て初めて、彼女が人間だったこと、彼のいいようになってくれて、手をわずらわせることのないきれいなお人形ではないことを知ったんだ。

人間は、死ねば腐るし、においもする。それまでの美しい、愛すべき顔はどこかにいってしまう。殺人が大罪であるのは、人をそんな姿に変えてしまう権利など、誰も持っていないからだ。そして、ごく普通の想像力のある人間なら、人が死ねばどんな姿になってしまうか、心で理解している。だから、よほどのことがないと人を手にかけることなどできないんだ。

ところが最近、その想像力のない人間が増えている。恐ろしく増えている。それも、確かに、少年たちに多い。だが、彼らだって目があり鼻があり、感受性がある。実際に人を殺せば、それがどういうことであるのか、身体で理解する。

そうなったら、彼らはどうするだろう。想像力がないゆえに殺人が『できた』彼らが、まのあたりに死体を見たとき、どう思うだろう。醜い、汚い、どう扱っていいかわからない。捨てるか、埋めるか、隠すかするだろう。離れようとするだろう。すぐに離れてしまいたいがために、平気で道ばたに放り出したりするから、なおさら冷酷に見える。だが、断じて、断じてそれを掘り返してばらまくような真似はしない。いや、できないと、俺は思う。死体をいじりまわすのは、むしろ彼らのようなタイプよりも、想像力がありすぎて異常な方向に走る人間だよ。そして、そういう異常者は決して仲間をつくらない。徒党を組んで行動することはない」

　道雄は両手で顔をこすり、目を閉じた。

「俺は、今度の事件の後ろに、非常に常識のある、頭のいい人間の存在を感じる。感性の豊かな人間の目を感じる。その人間はその頭で考えて、冷酷非情な非人間的な犯罪に見せかけようとして、懸命になっている。こんなやり方は、その人間にとって忌《い》まわしいことのはずだ。だが、やり遂げなければならない理由があるから、実行している。意志強固な人間だ。断じて、想像力が欠けているというだけで殺人が『できてしまう』ような子供ではないよ」

　顔を上げて、速水に苦い笑いをみせた。

「だから、君の言うことにも同感だ。犯人は、計画の実行に支障をきたさない部分では、できるだけ被害者の遺体を大事に扱おうとしているんだろう。はっきり言えば、俺は被害者二人を殺した犯人たちと、彼女たちの遺体をバラバラにして捨てまわった犯人とは別人だと確信しているんだよ」

　速水はエンジンをかけた。

「戻りましょう。なんとしても、その人間を探しださなければ」

第五章　マリエンバートで……

1

十二月二十五日。冬休みの最初の日――

夕食が済んだあと、順はいきつけのビデオ・ショップに足を向けた。テレビに面白いものがないので、何かビデオを探そうと思ったのだ。

棚をあちこち見て歩き、そのあと、新作リストの置いてあるカウンターに寄った。

「マリエンバート」という言葉にぶつかったのは、そのときだ。新作リストの終わりの方の、「今月の注目作」というコラムに、その言葉はあった。

「去年マリエンバートで」という映画の題名なのだ。

この映画は、アラン・レネという監督の傑作で、不条理映画の代表作でもある。物語は、女主人公が見知らぬ若い男に、「あなたと去年マリエンバートで出逢い、愛し合った」と告げられることから始まる――彼女にはその記憶などないのに――

新作リストを手に、順は棒立ちになった。

あのとき、あの「謎の女」が、順に「あなたと会ったことがあります」とつめよられて、「マリエンバートで会ったわね」と切り返してきたのは、一種のジョークだったのだ。あのときの状況は、この映画と似ていないでもなかった。だから彼女は、映画の内容をふんで、冗談めいた答えを投げてきたのだ。

これは相当の映画好きじゃないとできないことだ、と順は思った。たまたまこの映画を観ていた、というのではない。あんなリアクションがさっとできるのは、映画というもののおかしみを好きで楽しんでいる人間だけだ、と思った。

そして、思いだした。

あの、「シネマ・パラダイス」のマッチ。

あのとき、才賀と東吾の様子は変だった。どう見ても普通ではなかった。

あの態度はなんだったんだろう。川添警部も気にしていた。おかしい、と言っていた。

そしてここに、篠田邸の周囲に見え隠れしている、映画の好きな「謎の女」がいる――

(これからは、もっと文芸映画を観るようにしよう。そうすれば、もっと早く気がついてたんだから)

そう思いながら、順は家に走った。

ハナは一緒に行くと言い張った。

「旦那さまのお留守に、パブのような場所へ、ぼっちゃまお一人で行かせるわけにはまいりません」

支度しながら、

「それに、私も『謎の女』の正体には興味がございます」

「彼女が『シネマ・パラダイス』にいると決まったわけじゃないんだよ。あてずっぽうなんだから」

「行ってみればわかることでございますよ。さ、まいりましょう」

2

「シネマ・パラダイス」は、中央区《ちゅうおう》月島《つきしま》の住宅街の一角にあるビルの中にあった。地下一階だ。

階段を降りていくと、スイング・ドアいっぱいに、映画のポスターが貼ってある。「シエーン」と「雨に唄えば」だ。

ハナが先にたって、店内に足を踏み入れた。お客は十人ほどいて、満席だ。

カウンターの向こうに、五十がらみの男性が一人いて、水割りをつくっている。この人が店長らしい。後ろの棚に並べてあるボトルには、小さいカウボーイハットをかぶせてあったり、「七年目の浮気」のマリリン・モンローのような、白いドレスを着せてあったりする。奥の方には大きな書棚があり、マッチにも刷ってあるとおり、映画のパンフレットがぎっしりと並べられていた。

ＢＧＭには、ちょうど、「リオ・ブラボー」の「ライフルと愛馬」がかかっている。ディーン・マーチンの歌声に合わせて、気持ちよさそうにグラスをかきまわしている店長に、ハナは声をかけた。

順とハナと、交互にしゃべり、用件が伝わったころには、ＢＧＭは「ハイ・ヌーン」に代わっていた。どうやら西部劇シリーズらしい。

「そりゃ、安奈《あんな》ちゃんじゃないかな」と、店長は言う。

「アンナさん？」

「そう。中川《なかがわ》安奈さん。うちのお客さんでね。常連だよ。私と違って、文芸物もたくさん観てる人だから、それぐらいの冗談は言いそうだね」

「どんな人ですか？」

「どんなって……いい娘さんだよ。ときどき一緒に連れてくる弟は、どうしようもないヤツだけどね。あんたたち、安奈ちゃんに何の用？」

「大事な用でございます。安奈さん、どこにお住まいでございましょう」

店長はハナと順を見比べていたが、この二人なら、悪いことを企《たくら》んではいなさそうだし、たとえ企んでも実行できなさそうだと判断したのか、教えてくれた。

「安奈ちゃんなら、このすぐ近所のマンションに住んでるよ」

606号室に、「中川」の表札があった。チャイムを鳴らす。

「ホント彼女かな？　あたってるかな」と、順は小声でハナに言った。「出てきたら、なんて言おうかな」

ノブがまわり、十センチほど開いたドアの隙間から、若い女性が顔を出した。

「どなた？」

彼女だった。間違いない。長い髪と、白い頬の美人。

順は笑いかけて、挨拶した。

「こんばんは。マリエンバートで会った者です。僕のこと、覚えてますか？　篠田東吾さんの――」

言い終えないうちに、順とハナは部屋の中に引っ張りこまれた。あっという間のことだった。

安奈のではない、別の声が早口にこう言うのを、順は聞いた。

「ちぇ、よりによって今夜、なんだって邪魔が入るんだよ?」

3

篠田邸にはりついている所轄の刑事から捜査本部に緊急連絡があったのは、午前零時ちょうどのことだった。

「篠田さんと才賀英雄さんが、帰宅予定時間を過ぎても戻らないんです。自動車電話にかけてみても、呼び出しているのに応答がありません。本部には何か連絡は入っていますか?」

東吾と才賀はその日、午後から、画廊の関係者と小作品展の打ち合わせがあると言って外出していた。才賀の運転する車で、二人きりである。

「打ち合わせのあと食事をしますし、帰宅は遅くなると思います。十一時ごろだと思っていてください」と、才賀が話していたのだ。

警察でも、一応この事件の関係者全員の周囲に見張りの網を張ってはいたが、女性が単独で行動するとき以外は、同行してガードすることまではしていない。集会参加者まで含めれば関係者の数は膨大な人数になるので、全員を護衛することは現実問題として不可能なことでもあった。

特に東吾の場合、「なまじな護衛より、私の方が確実です」と自認する才賀が常にそばにいるということが、本部の面々を安心させていた。これまでもずっとその体制で、東吾が外出するときには、才賀と連絡をとりあってきている。今まで一度も、その連絡が途絶えたり、帰宅時間がずれたりしたことはなかった。

それなのに今夜に限って、こんなに遅くなりながら、才賀からの連絡は入っていない。何度かけても、自動車電話にも誰も応《こた》えない。

何があったのだ？

道雄と速水は、本部のなかに設けられた休憩室でその報告を耳にした。その瞬間、道雄は両手で机を叩き、速水を驚かせた。

「やられた！　ちくしょう、こんなに早いとは」

「八木沢さん？」

「もう少し待ってから動くんじゃないかと思ってたんだ。それまでになんとか——」

「なんの話です？」

「才賀だよ」道雄はぶつけるように言った。「やっぱり彼だ。彼だよ。だが、狙いがわからん。意図がわからんのだ。どうするつもりなんだ？」

休憩室にいたほかの刑事たちが、会議室の方へと移動していく。速水はそれを横目に、道雄に訊いた。

「どうします？」

数秒間、道雄の頭の中でさまざまなものが交錯した。やがて彼は言った。

「才賀の自宅へ行こう。こうなったらいちかばちかだ。英次と話そう。破れる壁は、彼だけだ」

会議室では、川添警部が電話を前に空《くう》をにらんでいた。

「犯人たちに拉致《らち》されたんでしょうか」

久保田が乗り出す。対照的に、伊原は冷静だった。

「こんなふうに動いてくるとは——連中のこれまでの行動とは矛盾する気もします」

「しかし、現実に二人も殺している連中ですよ！」

「被害者は力の弱い女性で、しかも殺人自体はこっそりとやってるじゃないか」

川添警部は、周囲のやりとりなど耳に入らない様子で、低くつぶやいた。

「『皆殺しの天使』だ」

「は？」

警部は、大木毅が一度、篠田邸の近くで見かけたという車を思い浮かべているのだった。

「スポーツタイプの赤い車だ。リアウインドウに『皆殺しの天使』というステッカーのようなものが貼ってある。緊急配備をしいて、その車を探してくれ。もしこれがあの犯人たちによる拉致事件なら、探す手がかりはその車しかない」

4

才賀の自宅には、本部からの連絡が入っていた。駆けつけた道雄と速水を、才賀の妻の昌子が走って出迎えた。

「なにかわかりましたか？」

「いえ、まだです。英次君はどちらですか？」

「二階の部屋におります。でも――」

失礼、と、道雄は玄関にあがった。才賀の家もまた、あるじの性格をよく表わして、整理整頓がゆきとどいている。階段を駆け上がり、道雄はドアをノックもせずに開けた。

英次はベッドに横たわり、ウォークマンを聴いていた。道雄はそのヘッドホンを引き抜き、彼を引き起こした。

「なにするんです！」

追いついてきた昌子が声をあげて飛びつこうとするのを、速水がきっぱりと押しとどめた。

「英次君、君にききたいことがある」

英次は石のような目で道雄を見返してきた。だが、道雄につかまれた彼の腕は震えている。

「東吾さんと君のお父さんの行方がわからなくなった。これはどういうことだ？　君なら知ってる。君が知ってるはずだ。教えてくれ。才賀さんは何をしようとしている？」

英次は黙ってヘッドホンを拾いあげた。

そのころ——

順とハナは、両手両足をビニールテープで縛られて、中川安奈のマンションの部屋の隅に転がされていた。

シンプルだが、カーテンやカーペットは淡いブルーを基調にして、家具は木目の色で統一してある、趣味のいい部屋だった。

テレビで盛んに宣伝している、最新型のＡＶ機器のコンポもある。凝ったつくりのフロアスタンドも見える。

だが、肝心のハナの姿がよく見えない。おまけに、さるぐつわをかまされているので、声もかけられない。もがいて姿勢をなおし、ようやく目と目を見交わすことができたときは、うれしかった。

ハナの細い目は、

(ぼっちゃま、大丈夫でございますか？)と問いかけている。順は、

(大丈夫。ハナさんごめんね、なんかヘンなことになっちゃったよ)と答えた。

この部屋には、あと三人の人間がいた。

安奈が、順たちからいちばん遠いところに、ちぢこまるようにして座っている。そして彼女と順たちの間に立ちふさがるようにして、十七、八歳ぐらいの少年が一人。三人目は、ドアにもたれて煙草をふかしている。やはり、十代の後半というところだ。

二人の少年は、順の目に、今回の事件の犯人としてぴったり合うように映った。二番目の少年の腕に蝶の入れ墨を見つけたときは、少しできすぎなくらいだと思った。

だが、よく見るとその入れ墨はボディ・ペインティングだった。それがわかると、順は少しだけ安心した。妙な理屈だが、本物の入れ墨をしている人間よりは、まだ話が通じるかもしれないと思ったのだ。

「この人たちをどうするの？」と、安奈が訊いた。

彼女の目の下に、濃いくまができている。唇もカサカサしている。眠れなくて、布団をかぶって寝返りをうってばかりいる人の顔だなと、順は思った。

安奈の質問に、蝶の少年が答えた。

「一緒に連れてくよ」

「どうしてよ？　それでどうするの？」

少年は肩をゆすり、順とハナの前を行ったり来たりした。

「タイミングが悪すぎたんだよ。今夜の取引がすんだあとなら、別にあわてることもなかったのに――しょうがない、連れていって、才賀に会わせるよ。どうするかは、あいつが決めればいいことじゃんか」

順は目を見張った。才賀に会わせる、だって？

「子供とおばあちゃんよ。なにもこんな目にあわせなくたって――」

「篠田東吾の周りでウロウロしてたガキだろう？　危なくてしょうがねえや」

「可哀想だわ」

それまで黙っていたもう一人の少年が、うっとうしそうな口調で言った。

「あんまりうるせえこと言うと、あんたも可哀想なことになっちまうよ、ねえさん」

ねえさん。安奈は彼らのどちらかの姉なのだ。どっちだろう？

蝶の少年がその謎を解いてくれた。

「うるせえのはおめえの方だよ。俺の姉貴《あねき》に気安く口をきくんじゃねえ」

煙草の少年が何か毒づき、蝶が言い返して、雰囲気が険悪になった。安奈が気丈な声を出して止めた。

「あたしの部屋で喧嘩はよしなさい。それに、あたし、人を縛りあげるようなこともしたくないわ」

「でもよ、姉さん」と、蝶の少年。「こいつらを逃がしちまったら、どうなると思う？俺たちはいいけど、姉さんが困ることになるぜ。なんせ共犯者なんだから」

安奈は床を蹴るようにして立ち上がった。

「あたしはあんたたちの共犯なんかじゃないわ！」

「へえ、どうかな」と、煙草の少年が嫌な笑い方をした。汚い靴下に包まれた足先で、順とハナを指し示し、

「そんなら、こいつらに訊いてみなよ。どう思うかよぉ」

安奈は順を抱き起こし、彼女の方がずっとおびえているような顔をして、訊いた。

「あなたたち、何をどこまで知ってるの？」

(なんにも知らない）と、順はかぶりを振った。蝶の少年が笑いだした。

「じゃあ、姉貴が教えてやれよ。どうせもう、ここまできたらこいつらだって、そのまま帰れるとは思ってないだろうから、せめてそれぐらいしてやらなきゃな」

安奈は乾いた唇を湿して、話しだした。

「この事件、なにからなにまで計画されたものなのよ……」

道雄は英次の手からヘッドホンを取り上げ、彼の前にたちはだかるようにして、話を始めた。

「これから私の言うことは、単なる推測、憶測だ。根拠はない。少なくとも今のところはね。だが、辛抱強く捜査を続けていけば、きっと証拠になるようなものが出てくると信じていた。それが、あいにく、それより先に君のお父さんが行動を起こすことになってしまった。もう少し時間があると思っていたんだがね」

英次は壁の方に顔をそむけている。道雄は静かに言った。

「二人の女性の遺体を掘り起こしてバラまいたのも、犯行声明を送ったのも、全部君のお父さんの仕業《しわざ》だね。才賀英雄がやったことだったんだね」

速水とドアのそばに立っている昌子が、そんな馬鹿な、と叫んだ。

「いえ、残念ですが奥さん、そうなんです。そして、ご主人がそんなことをしたのは、一にも二にも息子さんのためだったはずですよ。そうじゃないかね?」

安奈は続けた。

5

「計画したのは才賀英雄よ。なにもかもみんな、息子の英次のためなの。そして、英次がこんなことに巻き込まれたのは、相沢めぐみと、彼女を殺した連中のせいなの。その連中っていうのは、そこにいるわたしの弟と、仲間よ。全部で三人。今ここにはいないもう一人の仲間も、そのうちやってくるわ」

めぐみを殺したのはこの少年たちだった。やっぱりと、順は納得した。

「そもそもの発端は、九月三十日の夜、横浜埠頭の倉庫街で、わたしの弟と仲間で組んでいるグループ、『皆殺しの天使』が、英次とめぐみさんの二人に出会ったことから始まるの」

そのとき、英次とめぐみは激しく口論していたという。

「これはあとで聞いたことだけれど、めぐみさんは、英次を脅していたそうなの。彼女はタレント志望で、そのために何度もオーディションを受けては落ちていた。でも、けっして諦《あきら》めようとしていなかった。英次と知り合って、彼が篠田東吾という有名な画家と親しいと知ったときも、なんとかしてそれを利用しようとしてた。

でも英次は、そんなことで篠田さんを煩《わずら》わせる気持ちはなかったって。一度は彼女を篠田さんに引き合わせたけれど、本気じゃなかったのよ。すると、めぐみは汚い手を使った。九月三十日の夜、また落選に終わったオーディションのあとで、英次をうまく誘惑して、関係を持ったんだって。あのあたりはアベックが多いし、雰囲気さえあれば、簡単なことだったろうって、女のわたしでもわかるわ。そして、そのあと、彼女はまた英次に、篠田さんにモデルとして使ってもらえるようとりなしてくれって、しつこくせまったんですって。最後には、彼女の要求を通してくれないのなら、今夜ここであんたに乱暴されたと訴えてやる、とまで言い始めた。それで二人が言い争っているところに、『皆殺しの天使』の連中が行き合わせたの」

そのあとは、安奈の弟が引き取った。

「ちょっと脅しをかけると、英次って野郎は震えあがっちまってさ。俺たちの隙を見て、女を置いてけぼりにして自分だけ逃げだしたんだ」

順の心臓が凍り付きそうになった。ハナを見ると、彼女も優しい目をいっぱいに見開いている。

「あのときの女の騒ぎ方ときたら、すごかったぜ。逃げていく男の腕から、腕時計をもぎとったくらいだからな。その時計は、俺が今持ってる」

そこで、ようやく順にも話の筋が見えた。

この『皆殺しの天使』のメンバーは、置き去りにされためぐみを手に入れたとき、彼女をもてあそんで楽しむだけでなく、彼女から一緒にいた男の素性を聞き出して、腕時計をねたに強請《ゆす》りをはたらくことを考えたのだ。

そして、現にそうしてきたのだ。

「女を殺して埋めたあと、俺たちは彼女を置き去りにした才賀英次を訪ねていった。震えあがってたぜ、やつは。将来弁護士になるんだかどうか知らないが、なんにせよ、連れの女を見殺しにして逃げたことがバレたら、一生の汚点になるんじゃねえのって言ってやったら、今にもちびりそうだった」

なんてことだ。順は胸苦しくなるほど腹がたった。

安奈が言っている。

「おかしいわよね。人殺しをしたのは弟たちの方なのに、被害者が強請《ゆす》られるなんて。でも、弟たちは三人ともまだ未成年だから、殺人そのものもそんなに大きな罪にはならないし、マスコミに名前が出るわけでもない。だから、事件がばれても痛くもかゆくもないけれど、才賀英次はそうはいかないのよ。あの人は、二十歳だもの」

ハナがうなるような声を出している。順もそうしたい気持ちだった。

「弟たちの要求は、もちろんお金。だから、話はすぐに英次から父親の方へと通ったわ。彼は承知した。息子の将来を金で守れるなら安いものだって。わたしには信じられないけど、あの人はそういう考え方をしたのよ。そして、そのとき交わした約束のとおり、今までに前払い金として百万円ずつ払ってきた。そして今夜、証拠の腕時計と引き換えに、五千万円を弟たちに払うの。もう、その約束の時間が迫ってきてるわ」

安奈は早口になった。

「ところが、困ったことが起こってきたの。英次としては、めぐみと親しかったことや、九月三十日の夜に一緒にいたことは、隠しようがないし、バレてもかまわないことだった。でも、めぐみが、篠田東吾のモデルになるために、どんな汚い手でも使いかねない女だったってことを知っている人間に、彼女が行方不明になっていることを気づかれて、疑われ始めたらまずいことになる。そして現実に、そういう人間がいたのよ」

それが浮田聡子だったのだ。

「めぐみは彼女に、『才賀英次なんてちょろいわ、うまくとりいって、篠田東吾のモデルになってみせる』と言っていたんだそうよ。だから、聡子はめぐみの様子を気にしていた。すると、めぐみは突然行方不明になった。当然、英次のことを考えた――」

「浮田聡子に疑われてるって、英次が泣きついてきたんで、俺たちが彼女を始末してやった」

安奈の弟は、こともなげに言った。

「俺たちがいきなり出ていったんじゃ台無しだから、英次に彼女を呼び出させたんだ。めぐみがモデルをやってるから、見にこないか、ってな。彼女もなかなか面白かったぜ」

順は目を閉じた。どういう人間なんだろ、こいつらは。

安奈の声が震えている。

「それでね、わたしがこの図式のどこに入るかというとね。わたし、この弟のことはよく知ってるわ。ずっと、この弟に悩まされてきたんだもの。様子が変わればすぐわかる。だから、あるとき問いつめてみたの。どうして最近そんなにお金を持ってるのよ、って。そして、答えを聞いた。今まで話してきたこと、全部がそうよ。才賀英雄は、わたしがすべて知ってるってことを知らない。わたし、遠くからあの男を見て、恐ろしくなったことがあるわ。わたしがどんな気持ちだったか、わかる？」

彼女は両腕で身体を抱え、首を振った。

「わたしが篠田東吾さんの家の近くにいたのは、何度も何度も、あの人にすべて話そうと思ったからなの。あの人があの集会のパンフレットに書いた文章も読んでいたから、きっと力になってくれると思ってた。でも、わたしにはその勇気が出なかった。だってわたし、一人で精いっぱい真面目に生きてるのに、こんな事件が表向きになったら、弟のことだけで、それだけで、わたしまで犯罪者みたいに扱われることになっちゃう。もうそんなのたくさんよ！」

安奈のその言葉の内容よりも、それに対する弟の反応の方が、彼女の追いつめられた状況をよく表わしていた。

安奈の弟は、姉の言葉を聞いて笑った。鼻で笑ったのだ。

「それで、今度のひどいこと——彼女たちの死体をバラバラにして捨てたり、警察に手紙なんか出したりしたのは、世間に対して、彼女たちを殺したのが、あの集会に反発して嫌がらせをしようとしている不良少年たちだってことを、印象づけるためだったの。集会に出た人たちの中に、めぐみさんと聡子さんが行方不明になっていることに気がつき始めた人がいる、このままだとめぐみさんと親しかった英次が疑われるから——って、彼とは全然違う犯人像をつくりあげようとしたのよ」

皮肉なものだと、順は思った。

英次は誰も殺していないのに、疑われることを恐れていた。

「全部、才賀の親父《おやじ》が計画して、あいつ一人でやったんだぜ」と、弟が言う。「俺たちとしちゃ、殺した二人の身元がわかろうとどうしようと、なんてことないからね。二人とも、英次の知り合いで、俺たちはほんの行きずりなんだからよ。勝手にやらせておいたんだ。もし英次が疑われて、結果的に全部バレちまったら、みすみす金を取りっぱぐれることになるところだったしね」

気楽そうな口調である。

「俺、才賀があれこれ計画を立ててやってくのを、ずっと見てたぜ。すごいもんだった。わざわざ俺の方から篠田んちの近くまで行って、あいつを呼び出して、少しやりすぎじゃねえの？　って話したこともある。あいつ、聞かなかったけどよ。すげえ親父さ。まったくよ」

大木毅が、篠田邸の近くで「皆殺しの天使」の車を見たのは、そのときだったのだろう。

「シネマ・パラダイス」のマッチも、安奈の弟の手から才賀に渡ったのかもしれない。彼はそれを、日ごろの習慣で、うっかりと篠田邸のかごのなかに入れておいたのだろう。順と慎吾がマッチに目をとめたとき、だから才賀はあんなに怖い顔をしたのだ。「シネマ・パラダイス」のマッチは、才賀とこの少年たちを結ぶ鍵になりかねないものだったから。

「そろそろ行こうぜ」と、安奈の弟が言った。

「おめえらのことは、才賀にどうするか決めてもらう。一緒に来てもらうぜ。な？」

6

道雄は語り続け、頑固に目をそらしている英次を見つめ続けていた。

「君のお父さんが何をしようとしているのか、我々にはわからない。だが、一つだけ言えることがある。我々は、このあと何があっても、それにどういう筋書きがついていようと、君のお父さんや君を疑う。この事件は、今報道されているようなものじゃないと信じているからだ。だから、計画をこのまま進めても、それは無駄だよ。才賀さんはただ危険を冒すだけで、成果はなにもない」

道雄は、英次の部屋にある時計を見た。午前一時十三分。

英次は額に手をあて、低く言った。

んです」

「晴海埠頭《はるみふとう》の第三桟橋です。父はそこにいます。午前二時に、彼らと会う約束をしてある
少年たちの車は、大木毅が一度篠田邸の近くで見かけたことがある、と話していた、「クリスティーン」みたいな車だった。真っ赤なボディに、「皆殺しの天使」のステッカーが目立つ。間違えようがない。

少年たち三人と、安奈と、順とハナで六人だ。とても乗り切れない。僕たちはトランク行きかな、と思っていると、安奈が彼女の車を出してきた。こちらは白の軽で、運転席には安奈の弟が座り、助手席に安奈、順たちは後部座席に押し込まれた。足は自由になっていたが、両手は縛られ、さるぐつわもそのままだ。深夜のマンションの駐車場に、見咎《みとが》めてくれる人は期待できなかった。

エンジンがかかり、二台の車は連《つら》なって夜の街路へと滑り出た。安奈は一言も口をきかず、うなだれている。ただ、弟がラジオをつけると、無言のまま手を伸ばしてさっとスイッチを切った。すると、弟は口笛を吹き始めた。

「そう怖い顔すんなよ、姉さん」

幹線道路に出ると、彼は陽気に言った。

「オレ、金持ちになるんだぜ。もう姉さんのところにせびりに行ったりしねえからよ、安

心じゃねえの」

安奈は黙っている。

順はちらりと、隣りにいるハナに目をやった。彼女は目を閉じ、きちんと背中を伸ばしてシートに腰掛けていた。ハイヤーにでも乗っているかのように、落ち着いて見えた。

(ハナさん、怖くないのかな……)

才賀さんは僕たちをどうするだろう、と思った。そして、考えるだけヤボじゃない?とも思った。

僕は刑事の子なんだ。生かしておいてくれるはずがない。

自分の息子を守るために、あの人がどれだけ危ない橋を渡ってきたか、よくわかってるじゃないか。それにこいつらだって、もう二人も殺してる連中だ。あと二人、還暦を過ぎたおばあちゃんと、まだ髭も生えてないようなガキを殺すくらい、なんとも思わないだろう。

父さん、母さん——と、心の中で呼び掛けると、じわっと涙がにじんできそうになって、あわててまばたきをした。

道はガラガラだった。日ごろはうるさい暴走族も、こんなときには出てきてくれない。対向車もない。酔っ払いもいない。車はどんどん南へ、埠頭の方向へと走っていく。

これは非常に理不尽だ、と思った。

腹が立つ。このままにしておくものか。でも、縛られた手首はぴくりとも動かないし、さるぐつわが食い込んで口の端がひりひりする。

順は目を見張り、ぐっと顎を引いて神経を集中した。負けちゃいけない。なんとかしなきゃ。僕にはハナさんを守る義務がある。「おばあちゃんいますか」と電話をかけてくるお孫さんのためにも、ここで頑張らないでどうするんだ。要はハートだ。意志の力だ。

今まで見た映画のなかに、参考になるものはなかっただろうか。窮地に陥《おちい》った主人公たちは、どんな方法で切り抜けたんだっけ。

ホラー映画は駄目だ。たいてい殺されちゃうから。助かったと思ってもラストにどんでん返しが待ってたりして。パート1で生き残ってもパート2の冒頭でいきなり殺されちゃったりするもんな。

アクションものだよ、アクションもの。とりあえず、自分をアーノルド・シュワルツェネッガーだと思うことにしよう。必要とあらば電話ボックスを引っこ抜いてしまうこともできるし、飛行機から飛び降りたって死なない。チャック・ノリスでもいいな。ああ、どうして空手を習っておかなかったんだろ！

車が大きくバウンドし、頭がしたたか天井にぶつかった。目がちかちかする。ちくしょう、こうなったら「十三日の金曜日」のジェイソンになってやる。さもなきゃゾンビだ。埋められたって這《は》い出してきてやる。ある晩、才賀のやつがふと窓から外を見ると、そこに腐ってボロボロになった八木沢順君が草刈り鎌を振り上げて立っていて――

車がスピードを落とし始め、やがて緩やかに停車した。順の側の窓からは倉庫の壁が、ハナの側の窓からは黒い海と、恐竜の骨格のように夜空にそそりたついくつものクレーンが見えた。

前方に、メタリック・グレイのシーマが停まっている。才賀の車だ。窓越しに、夜を透かして見るその車体は、「ジョーズ」の鮫《さめ》のように不気味だった。

シーマのドアが開いて、才賀が降りてきた。ひょっとしたらすべて間違いかもしれない――という、順の絶望的な願いが消しとんだ。

「皆殺しの天使」からも少年が二人降りたち、才賀に歩み寄っていく。こちらを指差して話し掛けている。安奈の弟も運転席のドアを開け、身を乗り出して、「お友達だぜ」と、才賀に言った。

才賀は棒立ちになった。

それだけではなかった。シーマの助手席のドアがばん！　と開き、東吾が現われたのだ。順は、心臓がさるぐつわを破って飛び出すのではないかと思った。安奈がびくりとした。

「篠田さん――」

彼女はかすれた声でつぶやいた。

「篠田さんも知ってたのね。グルだったのね」

ハナがゆっくりと頭を振って、順と視線を合わせた。

(東吾さんも知ってたんだ。全部知ってて、才賀さんに協力してたんだね……)

しばらくのあいだ、東吾も才賀もじっとこちらを見つめていた。二人とも、すべての表情を削りとられてしまったように見えた。

と、東吾がくるりと向きをかえて、シーマに戻っていく。助手席に乗りこんで、ドアを閉める。

少年の一人が、シーマに近寄っていく。「金はこっちなんだろ」と言っているようだ。

後部座席のドアに手をかける。

その間、才賀は壊れた首振り人形のように、東吾と、順たちの乗っている車とを見比べていた。が、あきらめたように肩を落とすと、

「こっちに来てくれ」と、安奈の弟に呼びかけた。

「姉さん、ヘンな気を起こさないでくれよ」と言いながら、彼は車から降りた。「オレがパクられたら、いちばん困るのは姉さんなんだからな。今の会社だって辞めたくないだろ? まともに結婚したいだろ? だったら、最後までおとなしく付き合ってくれよな」

安奈は凍りついたように身動きもせず、順とハナを振り向くこともしなかった。

少年たちは、二人がシーマに乗りこみ、安奈の弟だけが、ステップに足をかけて開けた

ドアに腕を載せている。

「安奈さん、よろしいのですか」

ハナが言った。順も驚いたが、安奈はもっと驚いていた。ハナは手首のいましめをほどき、さるぐつわもとってしまっていたのだ。

「近ごろの若い方は、紐やロープの結び方が下手くそでございますからね。時間をかければ解けてしまいます」澄ましてそう言って、順も自由にしてくれた。

だが、ツードアの車の後部座席にいるのでは、逃げだすこともできない。前の座席では、安奈が目をいっぱいに見開いている。

「おばあさん——」

「よろしいのでございますか？　このまま放っておきますか」

安奈は手で口元を押さえた。

「弟たちは、あなたたちを殺すかしら……」

ハナはきっぱりと首を横に振った。

「殺されるのは、わたくしどもではございませんよ。あなたの弟さんたちの方でございます」

その言葉に、順も安奈も息がとまった。

「よろしゅうございますか」と、ハナは厳しい声で続けた。「先程からのあなたのご説明

たところで、困るのは自分たちではないから。二人の女性の
く騒がれようと、それが自分たちにすぐつながることでは
マを見た。今では彼女の弟も車に乗りこんでいる。リアウ
年たちの頭が見える。
い一介の家政婦でございますが、強請《ゆす》られた人が、そうそ
はない、ということぐらいはわかります。才賀さんが、英
たの弟さんがたを亡き者にしてしまおう——と考えている
えになりませんでしたか？　そして、もし才賀さんが弟さ
、今ほど都合のいい状況は二つとございませんよ」
ルの輝きに彩られた車。その向こうには桟橋が延び、さら
いる。
似た光景を目にしたことがある、と思った。とてもよく似
たのだろう？
殺してしまえば、三人を一気に片付けてしまうことができ
に正当化されますですよ。なぜなら、才賀さんが工作して
を求める集会に嫌がらせするために殺人をした』という少

を聞いておりまして、わたくし、腑《ふ》に落ちないことがご
　シーマの中では、取引が続いているらしい。札束でも
――
「おかしいのは、才賀さんが二人の女性のご遺体をあん
由でございます」
「だからそれは、二人の女性が行方不明になっているこ
いように、全然違う犯人像をでっちあげるためだったん
「いえ、違います」
「違う？」安奈が喉元を押さえた。
「はい。お考えくださいまし。いったい誰が、英次さん
をかけそうでしたか？　才賀さんがあんな危険な真似を
んが、めぐみさんや浮田聡子さんの失踪に関して、疑惑
どこにございます？」
「だって――それは才賀が――それに、放っておけば遅
はずだわ！」
「あなたがたは皆さん、才賀さんにそう思い込まされて
と、ハナはぴしゃりと言った。「それと、弟さんたちは

う。才賀さんがあれこれやったところで、困るのは自分たちではないから。二人の女性の身元が割れようと、事件が大きく騒がれようと、それが自分たちにすぐつながることではないからでございます」

安奈はぱっと振り向いてシーマを見た。今では彼女の弟も車に乗りこんでいる。リアウインドウごしにぼんやりと、少年たちの頭が見える。

「わたくしは、なんの教育もない一介の家政婦でございますが、強請《ゆす》られた人が、そうそう唯々諾々《いいだくだく》とお金を払うものではない、ということぐらいはわかります。才賀さんが、英次さんのために、隙あらばあなたの弟さんがたを亡き者にしてしまおう——と考えているかもしれないと、一度でもお考えになりませんでしたか？　そして、もし才賀さんが弟さんがたを殺してしまうとしたら、今ほど都合のいい状況は二つとございませんよ」

順もシーマの方を見た。メタルの輝きに彩られた車。その向こうには栈橋が延び、さらにその向こうには海が広がっている。

気持ちが悪いほどこれとよく似た光景を目にしたことがある、と思った。とてもよく似たシチュエーション。どこで見たのだろう？

「才賀さんが今、弟さんがたを殺してしまえば、三人を一気に片付けてしまうことができます。しかも、その殺人は見事に正当化されますですよ。なぜなら、才賀さんが工作してつくりあげた、『少年法の改正を求める集会に嫌がらせするために殺人をした』という少年たち、実際にはいるはずもないそういう犯人像が、今、あなたの弟さんたちに着せられているからでございます。そういう役割を振り当てられているからでございます」

そこでようやく、順にもハナの言わんとすることがわかった。

今夜ここで五千万円の受け渡しがあることは、以前から決まっていたことだった。でも、それは、才賀と、東吾と、少年たちしか知らないことだ。

才賀がここで少年たちを殺し、警察に連絡する。あるいは、警察の方ですでに、東吾と才賀を探しているかもしれない。こんな時刻に家を空けている二人を心配して。

そして、駆けつけた警官に、才賀は言う。この少年たちが、二人の女性を殺した犯人です。あんな真似をして嫌がらせをしただけでは物足りなくて、先生と私を拉致し、こんなところに連れ出して殺そうとしたのです。仕方なく、わたしは身を守るために彼らを殺してしまいました——

大芝居だ。だが、うまくいく可能性は高い。なぜなら、みんなが知っている——思い込んでいる——二人の女性を殺した犯人たちは、血も涙も良心のかけらもない少年たちだと。

「うまくいけば、恐喝者はいなくなり、そのうえ才賀さんは英雄でございます。危ないところで助かった被害者でございます」

ハナの声に応えるように、シーマの中の少年が叫んだ。

「ふざけんじゃねえよ！　じゃ、結局、金は都合できなかったっていうのかよ！」

ハナは頭を振った。「才賀さんが、わたくしが今お話ししたような筋書きを考えているのだとしたら、今夜この場にお金など持ってくるはずがございませんわねえ」

安奈は座席のシートにしがみついた。

「だけど——もしそういう計画なのだとしても、あなたたちがいるわ。あたしもいるわ。どうするの？　計画は狂うじゃないの」

「才賀さんとしては、いちかばちか、弟さんたちを殺してしまってから、わたくしたちやあなたを説得して、口止めしようとするかもしれません。先程からのご様子だと、あなたご自身、弟さんの素行のために、なさらなくてもいい苦労をされてきた方のようですから」

ハナは嘆息した。

「あるいは、こうなったらもう、計画が破綻《はたん》してもいい、憎んでも憎みきれないあなたの弟さんたち三人を殺すという目的だけは果たそう、と思っているかもしれませんよ。ですから、どうなさいますかと伺《うかが》ったのです。止めますか？　放っておきますか？」

「でも、どうやって弟たちを殺すというの？　三人もいるのよ！」

安奈が叫んだとき、順の頭に解答が閃《ひらめ》いた。

そうだ。この光景。夜の埠頭。車。海。見覚えがあるはずだ。映画だ。映画で見たんだ。「疑惑」という題だった。保険金と遺産目当てに夫殺しを企んだ女の話。夫を車に乗せ、車ごと海に飛び込んで、自分はフロントガラスを割って脱出する。事前にそのつもりで用意をしておけば、決して不可能なことじゃない。

ましで、才賀さんは昔スタントマンをしていたことがあるんだ。

そのとき、遠くからかすかにサイレンの音が聞こえてきた。

「警察だわ！」

あとの出来事は、ほとんど一瞬のうちに起こった。

シーマの助手席のドアが開き、誰かに突き飛ばされたかのように東吾が転がり落ちた。ドアが乱暴に閉じ、同時に車は急発進した。まっしぐらに桟橋めがけて。

「駄目よ！」

安奈は悲鳴を上げ、シーマのあとを追おうとした。が、エンジンがかからない。順はあっちへぶつかりこっちへぶつかりしながらシートをまたぎ、助手席側の窓から外に飛び出した。

走る。東吾が倒れている。首を上げて順を認めると、割れた声で、

「順ちゃん、私は——」

シーマはがくんとバウンドし、よろけるようにして、桟橋の方向から逸《そ》れた。運転席でもみあっているのが見える。

パトカーのサイレンが響き渡り、かっと見開かれたヘッドライトと赤い点滅灯がどんど

ん大きくなってくる。

「止めて！　あの車です！」

両腕を大きく交差させ、シーマをさして順は叫んだ。パトカーが一台、シーマの前に割り込もうとして走っていく。二台の車はがつんと接触し、はずみでシーマは半回転して、こちら側に運転席の方を向けた。

だがすぐ体勢をたて直し、執拗《しつよう》に海へと向かおうとする。順は気が違いそうになった。どうしよう？　どうしたらいい？

とっさに、東吾の履いていた下駄が目に付いた。それを拾い上げ、逆転勝ちのかかったシュートを投げるように、全身の力をこめて、リアウインドウ目掛けて投げ付けた。

下駄はシーマの屋根にあたった。それで十分だった。ほんの一瞬コントロールをなくしたシーマの前に、覆面パトカーがタイヤをきしませ、大きく尻を振りながら回り込んで、立ちふさがった。砂埃《すなぼこり》とともに、二台の車は停車した。

一台、また一台、警察の車が駆けつける。人がばらばらと降りてくる。立ちすくんでいる順の耳に、最初に道雄の声が届いた。

「順、ここで何をして――」

怒鳴るように言いかけたとき、ハナの姿も見つけて、道雄は絶句してしまった。ハナは安奈をささえるようにして、軽乗用車の前に立っていた。

「順くん――ハナさん――みんな大丈夫ですか？」

今度は速水の声が聞こえた。順は、バンパーがへこんだシーマから、才賀と三人の少年たちがひっぱりだされるのを見届けてから、その場に座り込んだ。

すぐそばに、東吾がいた。肘《ひじ》をついて身体を起こしている。順と目が合うと、くしゃくしゃな顔をした。

そして、笑いだした。空《あ》いた手で額を押さえ、疲れ切ったように。でも明るい声で。

「ああ、よかった、よかった。失敗してくれた。ありがとうよ、順ちゃん」

道雄がそばにきて、屈みこんだ。順は父親を見上げて言った。

「いいシュートだった？」

道雄は順の手を引いて立ち上がらせてくれた。

「あれじゃ、まだまだレギュラーにはなれんな」

エピローグ

逮捕された才賀と三人の少年の供述から、事件の真相が判明した。

それは大筋において、捕《と》らえられていたときに順とハナが考えていたことと一致していた。すべては才賀英雄の計画だったのだ。

少年たちには、英次に向けられている疑いを晴らすため、英次とはまったく違う犯人像をでっちあげる必要があると説明し、被害者二人の遺体を掘り返し、ばらまき、犯行声明も書いた。

しかし、その本当の目的は、そうしてつくりあげた犯人像を少年たちにおしつけ、彼らを堂々と殺害することにあったのだ。

「卑劣な恐喝をしている彼らをただ殺すだけなら、もっと簡単でした。しかしそれでは、彼らは被害者として死んでしまう。しかも、殺された二人の女性は、二度と陽の当たる場所に出られず、家族のもとにも帰ることができない。それではいけないと思ったんです。彼らを殺し、なおかつ彼らが殺人者であることも世間に知らせたかった。二人の女性の遺体も見つけてほしかった。だからあんなことをしたのです」

晴海埠頭の第三桟橋にいたのも、もちろん拉致されたのではなく、最初からそこで、英次の時計と引き換えに金の受け渡しをすることになっていたからだった。

「私には、あの三人の居場所をつきとめることができなかった。彼らの住まいがどこであるかもわからないんですから、一度に片づけるには、金の受け渡しの場を利用するしかなかったんです。あそこなら、いかにも、私と東吾さんが、私の作り上げた犯人像にぴったりする少年たちに襲われたような状況をつくることができる」

東吾が雑誌に発表した犯人たちへの呼びかけの文書も、実は文案は才賀が練ったものだったのだという。だから、集会のパンフレットに東吾自身が書いたものより、激烈な内容だったのだ。

「ああしておけば、あれを読んで腹を立てた犯人たちが東吾さんを襲った、という理由づけにもなると思ったのです」

そこまで計画していたのだ。

「そして、英次君がこの事件に関わっている部分だけは、永遠に隠し通そうとした？」

才賀は大きくうなずいた。

「英次とあの連中の命とでは、比べものになりません。だいたい、法律がどうかしている。どんなに凶悪なことをした連中でも、未成年であるというだけで罰しもせず、名前も公表せず、また社会の中に返してやるじゃありませんか」

「浮田聡子の命とも、ですか」

「それは……」

取調室で、才賀にしゃべりたいだけしゃべらせていた道雄は、このときだけ異論をとなえた。

「彼女は、あなたや英次君が早く事実を明らかにしていれば、殺されずにすんだんです。その意味で、あなたたちが彼女を殺したことになる」

「手にかけたのはあの連中だ！」

「しかし、そういう少年たちを育ててきたのは、才賀さん、我々の世代ですよ。自分の子供に比べたらあんな連中の命などものの数でもない、という考え方をしている、我々の世代です」

才賀は返事をしなかった。

取り調べの途中で、伊原刑事が彼に質問をした。

「どうやら、私はあんたとほんの少しの時間差で行き違いになったことがあったらしいんだが、それがどこだかわかりますか？」

「さあ……」

「相沢めぐみのアパートですよ。彼女の部屋の窓を見上げて、『この仇は必ずとってやる、許してくれ』と言ってたのは、あんたでしょう」

才賀はぽつりと答えた。

「私にも、彼女たちをバラバラにするのは辛い仕事だったんです」

その言葉に、道雄も伊原もわずかに救われた思いをした。

才賀の計画は、だいたいにおいて計算どおりに進んでいたが、誤算もいくつかあった。安奈の存在もその一つだが、もっとも大きなアクシデントは、大木毅だろう。彼が道雄宛に届けてきた手紙は、捜査本部を悩ませたのと同じくらい、才賀の頭もひねらせたらしい。

「まさかあの子供が……私は、あの子がコンビニエンス・ストアで仕掛けていたチェーンレターから、字体を借りたんです。あの子も同じことをしていたとはね。あの手紙が誰の書いたものであるかわかるまで、計画の進行を止めなければなりませんでしたよ。考えてみると、私は子供、子供に振り回されていたような気がする……」

二人の女性を殺害した三人の少年は、取り調べにあたった刑事の、

「才賀が実際に計画を実行に移して、女性たちの死体を掘り返し、バラバラにして捨て始

めたとき、どんなふうに感じたね？」という質問に、こう答えている。

「よくやるな、と思ったね」

「あのおっさん、そんなにてめえの息子が可愛いのかなって、ちょっとうらやましいような気はしたけど」

「あんなことして、死人にたたられたらどうするつもりだったのかなあ」

このコメントは、多少ニュアンスを変えてではあるが、新聞にも載せられた。

ただし、その記事の中に、彼らの名前はない。


事件の報道が一段落してから、順は東吾と会った。成城の本宅へ訪ねていったのである。

安奈が言ったように、東吾は、才賀のしていることも、英次の巻き込まれた事件も、すべて知っていた。知っていて沈黙を守り、あるいは才賀に協力して、彼の嘘を裏付けるような証言をしていたのである。喧嘩東吾が、あの事件に関してだけは、妙にもの静かだった理由もそれでわかる。

その点で東吾自身も罪にとわれているのだが、身柄を拘束されることはなく生活していた。

順は東吾がなぜ才賀に協力したのか、それを知りたかった。協力したのに、才賀の計画が失敗に終わったとき、順に向けて心からの笑顔を見せた理由を知りたかった。

ハナは、「わたくしはたぶん、その理由を存じていると思います」と言う。そしてそれを、順に話してくれた。順はその話を確かめに、東吾を訪れたのだった。

「家政婦さんはなんと言ってるんだ？」

広い縁側に並んで腰をおろし、順と一緒に足をぶらぶらさせながら、東吾は訊いた。

「東吾さん、いつか僕に、東京大空襲の話をしてくれましたよね」

「うむ」

「そのとき、東吾さんと一緒に逃げた人がいました」

「……いたよ」

「東吾さん、あのとき僕に、その人の名前も、その人が一緒に助かったのかどうかも話してくれなかった。ハナさんはね、東吾さんと一緒に逃げたその人が、才賀さんのお父さんだったんじゃないかって言いました」

(空襲のとき、苦しさに池から飛び出そうとした東吾さんを助けて、逆にその方は亡くなってしまったのではありますまいか)

「そう考えると、いろんなことがすっきりするんです。才賀さんのお父さんは戦争で死んだ、と言われてますしね。東吾さんが、いきなり才賀さんの事務所を訪ねて、自分の顧問会計士になってくれるように頼んだということ。東吾さんが自分の命の恩人の遺児で、苦労して苦労してその事務所を興した人だと知っていたから——そうですね？」

東吾はかすかに笑った。順は続けた。

「それと、〈火炎〉の中の達磨《だるま》の絵を逆さまにして見ると、才賀さんの顔が見えるということ」

「ほう、気づいてたか」

「ごめんなさい。慎ちゃんと見つけたんです。それをハナさんに話して――」

（〈火炎〉の中の達磨に隠された顔は、時間的に言って才賀さんの顔ではございませんわね。でも、才賀さんによく似ている。すると、才賀さんの親御さんと考えるのが、いちばんわかりやすうございます）

東吾はうなずいた。

「才賀則男《のりお》さん。私らはノリさんと呼んでいた。いい人だったよ」

錦糸公園の池の中で、東吾は彼と水をかぶりながら過ごした。そして、〈ノリさん〉が、恐怖に堪《こら》えきれなくなって池から飛び出した東吾を追いかけて連れ戻し、安全な池の中に入れたとき、彼の胸を焼夷弾《しょういだん》が直撃した。

「……どうすることもできなかったよ。私を助けたために、ノリさんは死んでしまった」

（東吾さんは、その思いをずっと引きずって生きてこられたんでございましょう。だから――）

「才賀さんは、そのことを知ってたんですね？」

「私のために働いてくれるようになって、一年ほどで気がついたようだ。やっぱり、〈火炎〉の中に顔を見つけてね」

それでも、もう昔の済んだことだと言って、特別にこだわる様子はなかったという。今回の、英次の事件が起こるまでは。

東吾はゆっくりと話した。

「私は最初、早く警察に届けた方がいいと言った。だが才賀は、それをすれば英次の人生がめちゃめちゃになると言った」

（先生、私の父は身体を張ってあなたを助けたじゃないですか。今度はせめて、先生が私の息子を助けてください。黙って、私の言うとおりにしてくれればそれでいいんです）

「順ちゃん。前にも話したが、私は〈火炎〉一作の画家だ。あれがすべてだ。そして、あれを描かせてくれたのは、私を助けてくれたノリさんだよ。私には断われなかった」

「東吾さん」

「うん」

「いつかね、また〈火炎〉みたいな絵を描いてくださいって言ったら、〈描かせてくれるなら描きたい〉って言ったでしょ？　あれ、どういうことだったんですか」

老画家は微笑した。

「才賀の計画が成功して、あの三人の少年が殺されていたら、私はもう絵を描くことができなかったと思うよ。そんな資格はないものなあ」

「じゃ、彼らが助かったんだから、描けますよね」

東吾はうなずいて、軽く順の頭をたたいた。

「描けると思う。描きたいね。それに、もう〈火炎〉なしでもやっていけそうだ。あれに支えられなくても、次の作品を描いてみせるよ」

だから、〈火炎〉は今、公立の小さい美術館に展示されている。順はときどき、そこへ見に行く。道雄を誘っていくこともある。

もっとも、この多忙な父親は、いつも呼び出されて、ゆっくり鑑賞することができないでいるのだけれど。

解説

大森《おおもり》　望《のぞみ》
（評論家）

時は、バブル景気真っ盛りの一九八九年（推定）十一月。

われらが主人公、八木沢順は、東京の公立中学校に通う一年生（ハンドボール部所属）。両親が離婚し、警視庁捜査一課の刑事をしている父親の道雄と二人で暮らすことになって、東京の下町、江東区に引っ越してきたばかり。気のいいベテラン家政婦のハナさんが家事全般の面倒をみてくれている。

新しい生活にようやく慣れてきたころ、順の耳に妙な噂が届く。近所の川沿いに建つ一軒家で、若い娘が殺されて、庭に埋められているのだという……。

噂について調べはじめた順は、その家の持ち主が高名な画家の篠田東吾であることを知り、やがてその東吾と知り合うことになる。一方、順の〝噂〟調査と並行して、近所で現実の大事件も発生し、父親の道雄が捜査の第一線に加わる。

事件の発端は、東京東部を南北に流れる荒川下流の西岸で、ふたつの白いレジ袋に入ったバラバラ死体の一部（頭と手首）が見つかったこと。現場の河川敷は、葛西橋のすぐ南というから、荒川砂町水辺公園の一画か。最寄り駅は東京メトロ東西線の南砂町。葛西橋の東側は江戸川区（西葛西）。四、五キロメートル南には湾岸道路が走り、その先は東京湾が広がっている。

……と妙に細かく地理を書く理由は単純で、私事で恐縮ながら、何を隠そう、その葛西橋のすぐ東側に我が家があるからなんですね。僕が西葛西に越してきたのは昭和の終わりごろ（一九八八年秋）だから、うちのすぐそばでバラバラ死体が見つかったことになる。本書を初めて読んだときは、「あ、すぐ近所の事件だ！」と思って妙に興奮したもんです。ちなみに、発見現場の荒川砂町水辺公園は、毎年八月一日、江東花火大会の会場になり、おおぜいの見物客が詰めかける。我が家では、毎年、江戸川区側から見物してます——というのは余談。

ともあれ、東京都江東区の一画、〝隅田川と荒川にはさまれ、東京湾を臨む、いわゆるゼロメートル地帯〟がこの小説の主な舞台になる。著者の宮部みゆきにとっては生まれ故郷であると同時に、長年住み慣れたホームグラウンドですが、それだけじゃなく、宮部ファンにとってもなじみの深い土地。この近辺は、『本所深川ふしぎ草紙』や『ぼんくら』シリーズなどの時代小説群はじめ、多くの宮部作品の舞台としてよく知られている。

現代もののミステリーだと、二〇一二年の話題をさらった大長編『ソロモンの偽証』も、やはり江東区（作中では城東区）が舞台。本書冒頭とほぼ同時期の一九八九年十二月に城東第三中学校で生徒が転落死する事件が起き、本書と同じく中学生が主役になる。『刑事の子』では城東署に捜査本部が立つわけですが、それと並行して、別の部署では、城東三中で起きた転落死事件の捜査も行われていたことになる。さらに言うと、刑事を父親に持つ中学生のところに、××は人殺しだと名指しする匿名の告発文が届けられる――という発端（のひとつ）も両者に共通。あらためて読み直してみると、中学生が事件の真相を解き明かそうとする構図も含め、本書は『ソロモンの偽証』の下敷きのひとつと言えるかもしれない。

ついでに言えば、直木賞に輝く著者の代表作『理由』の冒頭で、江東区高橋二丁目の交番にやってくる女生徒（片倉信子）は、城東二中のバスケットボール部所属。『パーフェクト・ブルー』の蓮見探偵事務所は江東区深川にあるし、連作短編集『淋しい狩人』の舞台となる古本屋・田辺書店は、荒川の土手下（たぶん荒川砂町水辺公園の近く）にある小さな共同ビルの一階に店を構えている――という具合に、このへん（東京メトロ東西線の門前仲町駅から南砂町駅あたり）では、宮部作品の聖地めぐりができそうだ。

……と、舞台にまつわる話がすっかり長くなったが、本書はもともと、『東京《ウオーター・フロント》殺人暮色』のタイトルで、一九九〇年四月に、光文社カッパ・ノベルスから刊行された書き下ろし長編。一九九四年十月に文庫化された際に、『東京下町殺人暮色』と改題。さらに二〇一一年九月、『刑事の子』と改題されて、光文社の中高生向け叢書《BOOK WITH YOU》から、四六判変型ソフトカバーの単行本として刊行された。本書は、その『刑事の子』の文庫版ということになる（ただし、小説の中身は、『東京《ウォーター・フロント》殺人暮色』または『東京下町殺人暮色』と変わらないのでご注意ください）。

著者にとっては、《鮎川哲也と十三の謎》叢書から一九八九年二月に出た『パーフェクト・ブルー』、第二回日本推理サスペンス大賞を受賞した『魔術はささやく』（八九年十二月刊）につづく第三長編。デビューしたばかりの新人作家によるはじめてのノベルス書き下ろし作品ということで、初刊本は、装幀もタイトルも、いかにもカッパ・ノベルスという感じ。このとき、題名の〝東京〟に〝ウォーター・フロント〟と振り仮名（角書き？）がついたのは、当時、バブル景気の波に乗って、東京湾岸のウォーターフロント地区（倉庫街や工場跡地）の再開発が大ブームを巻き起こしていたため。

歴史をひもとくと、一九八六年には芝浦にカフェバーの「TANGO」とライブハウス「インクスティック芝浦」が開店。八八年には、江東区有明に複合娯楽施設「MZA有明」、八九年には「芝浦GOLD」、九一年には同じ芝浦に（バブル崩壊後にできたのにバブルの象徴として名高い）「ジュリアナ東京」がオープンしている。本書にも出てくる中央区佃の超高層マンション群「大川端リバーシティ21」の最初の一棟、リバーポイントタワーの着工は一九八六年（八九年竣工）。本書の中で、自転車に乗った順が眺める建設中のビルは、九一年に竣工したイーストタワーズか、シティフロントタワーだろう。

こうした再開発ブームとバブル景気のただなかに『東京《ウォーター・フロント》殺人暮色』が出版された。作中にバブルについての言及がないのは、まだバブル景気が続いていた証拠（〝バブル〟という言葉が一般化するのはバブル崩壊後のこと）。

再開発によって生まれる新しい東京と、本所・深川に代表される下町情緒の残る古い東京――両者の対比が、本書のタイトルの変遷（ウォーターフロントから下町へ）にそのままあらわれている。

そしてもうひとつ、本書の後半で浮上してくる大きなテーマが、東京大空襲。

太平洋戦争末期の一九四五年三月九日深夜、三百三十四機のB29爆撃機が出撃し、東京上空に飛来。日付が変わった午前〇時七分、深川に初弾が投下されたのを皮切りに、現在の江東区、台東区、中央区に高性能焼夷弾の雨を降らせた。爆撃範囲はさらに広がって、人口が密集する下町一帯は火の海となり、百万人以上が罹災、八万人とも言われる死者が出た。単独の空襲による犠牲者の数では世界史上最大だという（ロンドン大空襲は八ケ月間の合計で四万三千人、ドレスデン無差別爆撃は二万五千人前後。一九四三年七月二十七日のハンブルク空爆では四万人近い死者が出ている）。

早乙女勝元『東京大空襲』（岩波新書）によれば、〈たった一夜の空襲で、いや、正確にいえば、二時間二二分の空襲で、東京はもっとも凄惨苛烈な〝戦場〟と変り、下町はその大部分を焼失し、勤労庶民の町は、音をたてて灰燼の中にくずれ落ちてしまった。単に家だけが焼けたのではない。その小さな家の中で、昨日まで、笑い、しゃべり、ピチピチと生きて生活していた人たちの八万人が、まっくろ焦げやロウ人形のような死体になってしまったのである〉

本書に出てくる画家の篠田東吾は、子供時代に東京大空襲を体験し、現在のＪＲ錦糸町駅近くにある錦糸公園の池に潜って、かろうじて難を逃れた（この錦糸公園には、空襲の死者、およそ一万五千人が仮埋葬されたという）。地獄のようなその一夜を生々しく描いた「火炎」で名をなした東吾は、そのときの思い出を、順に向かってこう語る。

「怖かった。あとにも先にも、あんな怖い思いをしたことはなかったな。水に潜るったってカッパじゃないから、そうそう潜りっぱなしでもいられん。頭を出すと、鼻がな、鼻毛が焦げそうなくらい熱いんだ。空が真っ赤で――（中略）だが、よくよく見るとそれは空じゃあない。頭の上いっぱいにＢ29が飛んでいる。それがみんな真っ赤に光っているんだよ」

「でも、爆撃機って銀色でしょう」
「下界の火事の炎が照り返していたんだよ。言ってみれば、返り血を浴びていたんだ。三百三十四機のB29がな」

被害に遭ったのは江東区だけではない。浅草寺に祀られた平和地蔵尊の碑には、以下のように記されている。
〈昭和二十年三月十日の大空襲には　この附近一帯は横死者の屍が累として山をなし　その血潮は川となって流れた　その惨状はこの世の姿ではない　これ等の戦争犠牲者の霊を慰めることこそ　世界平和建設の基となるものである　ここに平和地蔵尊を祭り　その悲願を祈るため　昭和二十四年四月ここに安置された次第である〉

宮部みゆきは、住み慣れた東京の下町が経験したどん底（東京大空襲による阿鼻叫喚の地獄絵図）と、その反対の経済的絶頂（空前のバブル景気による地価高騰と再開発ブーム）とをミステリーのかたちで鮮やかに重ね合わせ、その土地が持つ歴史を立体的に浮かび上がらせる。のちの『理由』や『ソロモンの偽証』にもつながる重要な初期長編が、こうして装いも新たに文庫化されたことを喜びたい。

一九九〇年四月『東京殺人暮色』としてカッパ・ノベルス（光文社）刊
一九九四年十月『東京下町殺人暮色』と改題して光文社文庫に所収
二〇一一年九月『刑事の子』と改題して光文社（ＢＯＯＫ　ＷＩＴＨ　ＹＯＵ）刊

※本書は、右記の本を底本として、文字を大きく読みやすくするために、
本文の版を改めました。
（光文社文庫編集部）

光文社文庫

刑《けい》事《じ》の子《こ》
著 者 宮《みや》部《べ》みゆき

2013年9月20日 初版1刷発行
2015年10月15日 13刷発行

発行者 鈴 木 広 和
印 刷 慶 昌 堂 印 刷
製 本 ナショナル製本

発行所 株式会社 光 文 社
〒112-8011東京都文京区音羽1-16-6
電話 (03)5395-8149 編 集 部
8116 書籍販売部
8125 業 務 部

落丁本・乱丁本は業務部にご連絡くだされば、お取替えいたします。
ISBN978-4-334-76627-6 Printed in Japan

組版 慶昌堂印刷

お願い　光文社文庫をお読みになって、いかがでございましたか。「読後の感想」を編集部あてに、ぜひお送りください。

このほか光文社文庫では、どんな本をお読みになりましたか。これから、どういう本をご希望ですか。

どの本も、誤植がないようつとめていますが、もしお気づきの点がございましたら、お教えください。ご職業、ご年齢などもお書きそえいただければ幸いです。当社の規定により本来の目的以外に使用せず、大切に扱わせていただきます。

光文社文庫編集部

松本清張短編全集

全11巻

「清張文学」の精髄がここにある!

01 西郷札
西郷札　くるま宿　或る「小倉日記」伝　火の記憶
啾々吟　戦国権謀　白梅の香　情死傍観

02 青のある断層
青のある断層　赤いくじ　権妻　梟示抄　酒井の刃傷
面貌　山師　特技

03 張込み
張込み　腹中の敵　菊枕　断碑　石の骨　父系の指
五十四万石の嘘　佐渡流人行

04 殺意
殺意　白い闇　蓆　箱根心中　疵　通訳　柳生一族　笛壺

05 声
声　顔　恋情　栄落不測　尊厳　陰謀将軍

06 青春の彷徨
喪失　市長死す　青春の彷徨　弱味　ひとりの武将
捜査圏外の条件　地方紙を買う女　廃物　運慶

07 鬼畜
なぜ「星図」が開いていたか　反射　破談変異　点
甲府在番　怖妻の棺　鬼畜

08 遠くからの声
遠くからの声　カルネアデスの舟板　左の腕　いびき
一年半待て　写楽　秀頼走路　恐喝者

09 誤差
装飾評伝　氷雨　誤差　紙の牙　発作
真贋の森　千利休

10 空白の意匠
空白の意匠　潜在光景　剝製　駅路　厭戦
支払い過ぎた縁談　愛と空白の共謀　老春

11 共犯者
共犯者　部分　小さな旅館　鴉　万葉翡翠　偶数
距離の女囚　典雅な姉弟

光文社文庫